瑞蘭國際

瑞蘭國際

我的第一堂法語課

初級法語 Français Niveau Débutant

Mandy HSIEH
Christophe LEMIEUX-BOUDON 著

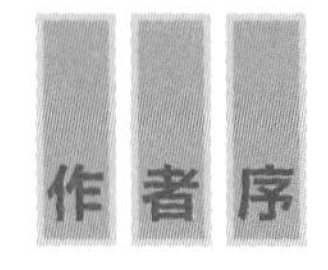

相信自己，你也可以的！

「其實沒那麼難！」是開始學語言必須告訴自己的一句話。如果還沒開始就自己嚇自己，心裡已經設定「法語很難」這個偏見，那麼怎麼學應該都會覺得很灰心。雖然坊間的法語細分成許多級數，但是說穿了真正的級數，只有初級、中級和高級。初級的程度，著重在文法概念的建構和簡單的描述；中級，著重在結構性的意見陳述；而高級則是強調驗證辯論的技巧。

在教授法語的過程，時常遇到程度不錯的學生，在法語表達上所犯的錯誤，都是因為初級程度的法語沒有掌握得很好所造成。基於這個經驗，因而有這本書的誕生，希望身為法語學習者的您，能夠更輕易地掌握基礎法語，為之後的進階法語打好基礎。

開始學習法語，絕對不能忽略法語的兩大核心：文法和發音。

一旦掌握了發音的規則，即便您聽到不懂的字彙，還是可以依據讀音拼出大約的組合，然後可以馬上在字典上尋找這個新字彙。相對的，即使看到沒學過的字，您也因此能夠唸出正確的發音。為了讓發音技巧更簡單易學，本書在法語發音部分，特別與中文發音比對，方便您以熟悉的方式模擬，更快掌握法語發音。

文法方面，也是一樣的原則，書中不僅提供法語中最常用的基礎法語文法，並以簡單的單字，讓您能夠輕易地掌握文法概念。伴隨例句和會話情境練習，有助於生活中的文法應用。至於每個單元的「聊聊法語」部分，則同時將法語初級檢定考的口說練習以及實際生活融合。

另外，每個單元後的文化篇和諺語篇，讓您在學習法語的同時，也能對法國的文化有所認識，進一步地感受法國人的思維、他們的幽默，撇開既定偏見，重新認識這個迷人的民族，相信這些輕鬆的篇章能夠為學習帶來更大的動力。

外語的學習除了知識的吸收外，別忘了實際的溝通是學習的目的，所以如果有機會，儘量用法語表達，剛開始不順是正常的，但是經過多次練習，您一定也可以用法語順利流暢地表達。多看、多聽、多說、多練習，是法語進步的不二法門！

如何使用本書

《我的第一堂法語課》是一本專為華語學習者量身訂做，全方位的法語學習書全書分成三大部分：

第一部分　入門篇：法語發音

・用注音或國字輔助學習，讓華語學習者學得好安心！

法語發音　用注音或國字輔助學習法語二十六個字母發音，並彙整「常見拼法」的單字！

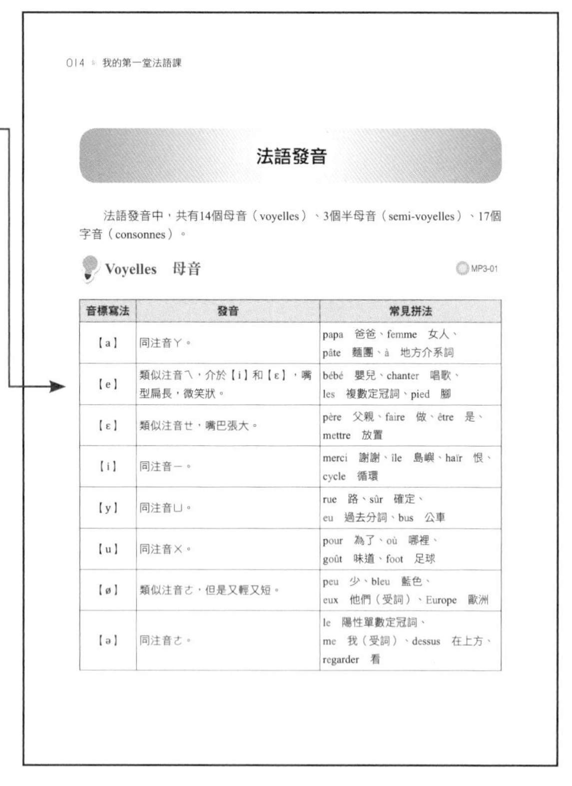

014 ● 我的第一堂法語課

法語發音

法語發音中，共有14個母音（voyelles）、3個半母音（semi-voyelles）、17個字音（consonnes）。

Voyelles　母音　MP3-01

音標寫法	發音	常見拼法
【a】	同注音ㄚ。	papa　爸爸、femme　女人、pâte　麵團、à　地方介系詞
【e】	類似注音ㄟ，介於【i】和【ε】，嘴型扁長，微笑狀。	bébé　嬰兒、chanter　唱歌、les　複數定冠詞、pied　腳
【ε】	類似注音ㄝ，嘴巴張大。	père　父親、faire　做、être　是、mettre　放置
【i】	同注音ㄧ。	merci　謝謝、île　島嶼、haïr　恨、cycle　循環
【y】	同注音ㄩ。	rue　路、sûr　確定、eu　過去分詞、bus　公車
【u】	同注音ㄨ。	pour　為了、où　哪裡、goût　味道、foot　足球
【ø】	類似注音ㄜ，但是又輕又短。	peu　少、bleu　藍色、eux　他們（受詞）、Europe　歐洲
【ə】	同注音ㄜ。	le　陽性單數定冠詞、me　我（受詞）、dessus　在上方、regarder　看

018 ● 我的第一堂法語課

法語的變音符號和發音

法語的變音符號共有五種：「accent aigu」（左下撇）、「accent grave」（右下撇）、「accent circonflexe」（尖帽子）、「tréma」（上兩點）、「cédille」（掛尾巴）。

◆Accent aigu　左下撇（尖音符）

只出現在「é」，發音為【e】，例如：「été」（夏天）、「éléphant」（大象）。

◆Accent grave　右下撇（重音符）

出現在「è / à / ù」。

è發音為【ε】，例如：「mère」（母親）、「près」（父親）。

à發音與a相同，右下撇符號用來區分同音異字的字，例如：「la」（單數陰性定冠詞）、「là」（這個／這裡）。

ù發音與u相同，右下撇符號用來區分同音異字的字，例如：「ou」（或者）、「où」（哪裡）。

◆Accent circonflexe　尖帽子

出現在「â / ê / î / ô / û」，音長較長。

ê發音為【ε】，音稍微拉長，例如：「tête」（頭）、「forêt」（森林）。

â發音與a相同，音稍微拉長，例如：「grâce」（恩寵）、「château」（城堡）。

î發音與i相同，音稍微拉長，例如：「île」（島嶼）、「boîte」（盒子）。

ô發音與o相同，音稍微拉長，例如：「nôtre」（我們的）、「hôpital」（醫院）。

û發音與u相同，音稍微拉長，例如：「sûr」（確定）、「mûr」（成熟的）。

變音　法語中初學者容易混淆的五種「變音」符號，作者詳細講解！

連音 法語中常見的「連音」，分別舉例貼心說明！

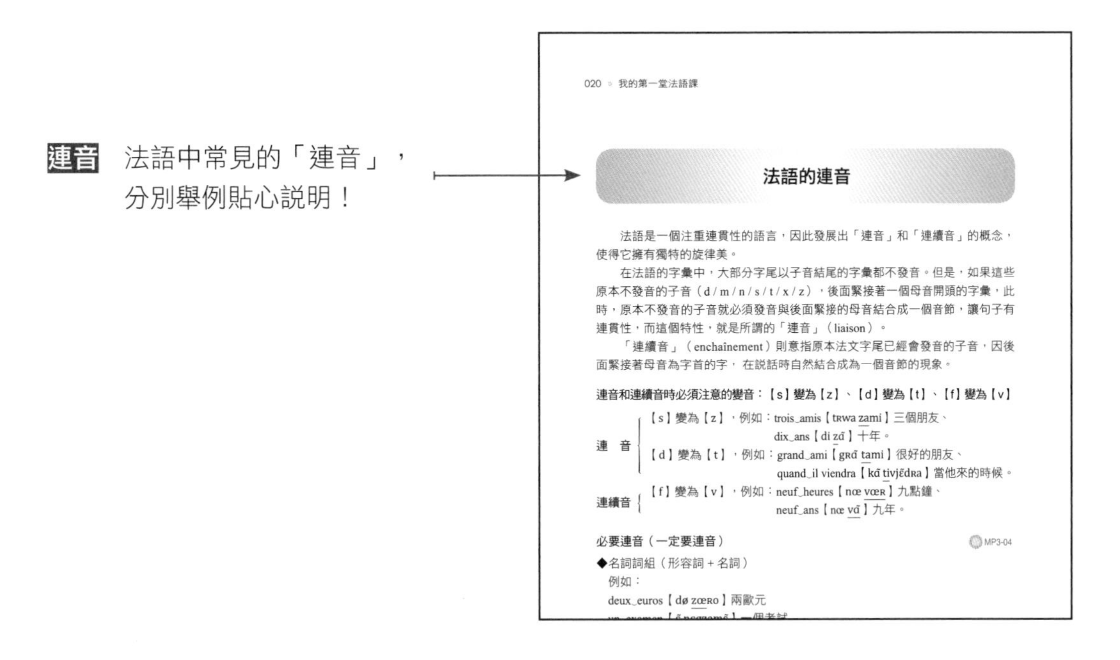

020 ◦ 我的第一堂法語課

法語的連音

法語是一個注重連貫性的語言，因此發展出「連音」和「連續音」的概念，使得它擁有獨特的旋律美。

在法語的字彙中，大部分字尾以子音結尾的字彙都不發音。但是，如果這些原本不發音的子音（d / m / n / s / t / x / z），後面緊接著一個母音開頭的字彙，此時，原本不發音的子音就必須發音與後面緊接的母音結合成一個音節，讓句子有連貫性，而這個特性，就是所謂的「連音」（liaison）。

「連續音」（enchaînement）則意指原本法文字尾已經會發音的子音，因後面緊接著母音為字首的字，在說話時自然結合成為一個音節的現象。

連音和連續音時必須注意的變音：【s】變為【z】、【d】變為【t】、【f】變為【v】

連音
- 【s】變為【z】，例如：trois_amis【tʀwa zami】三個朋友、dix_ans【di zɑ̃】十年。
- 【d】變為【t】，例如：grand_ami【gʀɑ̃ tami】很好的朋友、quand_il viendra【kɑ̃ tivjɛ̃dʀa】當他來的時候。

連續音
- 【f】變為【v】，例如：neuf_heures【nœ vœʀ】九點鐘、neuf_ans【nœ vɑ̃】九年。

必要連音（一定要連音） MP3-04

◆名詞詞組（形容詞 + 名詞）

例如：

deux_euros【dø zœʀo】兩歐元

第二部分 Unité1：法語特性

・掌握法語六大結構，輕鬆掌握法語特性！

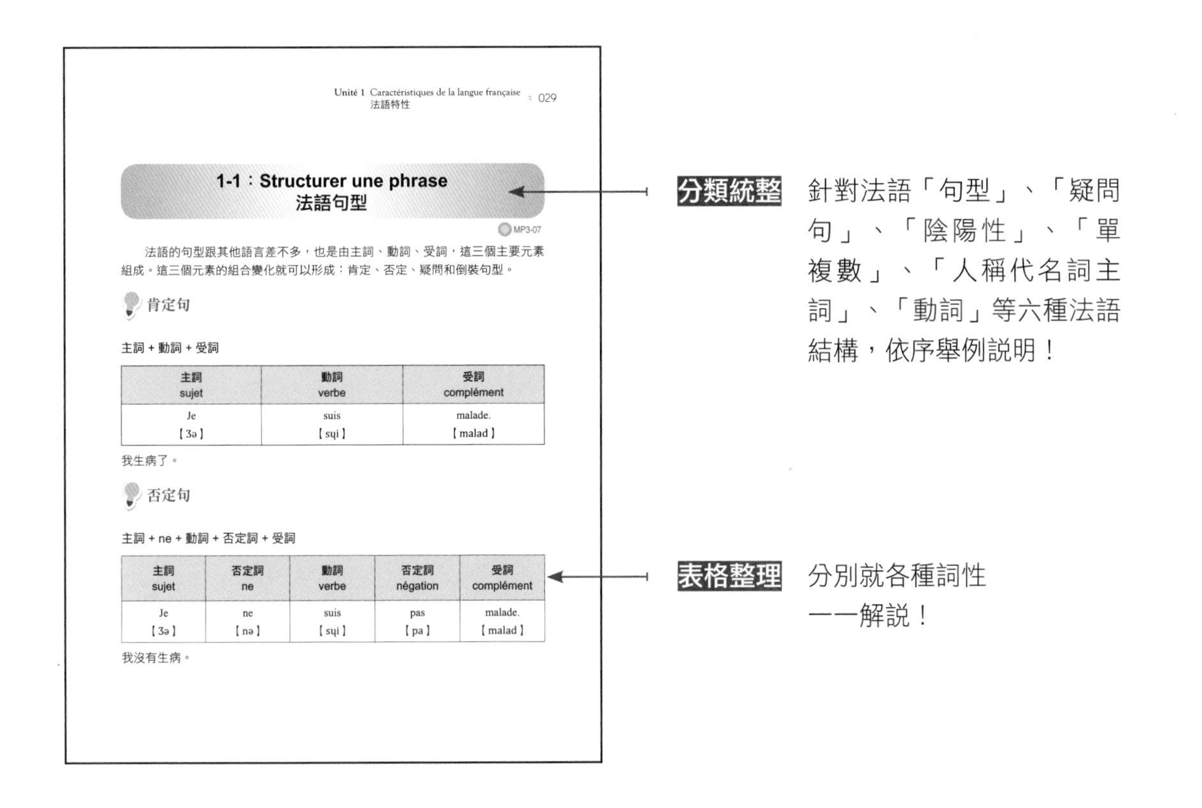

Unité 1 Caractéristiques de la langue française 法語特性 ◦ 029

1-1：Structurer une phrase 法語句型

MP3-07

法語的句型跟其他語言差不多，也是由主詞、動詞、受詞，這三個主要元素組成。這三個元素的組合變化就可以形成：肯定、否定、疑問和倒裝句型。

肯定句

主詞 + 動詞 + 受詞

主詞 sujet	動詞 verbe	受詞 complément
Je 【ʒə】	suis 【sɥi】	malade. 【malad】

我生病了。

否定句

主詞 + ne + 動詞 + 否定詞 + 受詞

主詞 sujet	否定詞 ne	動詞 verbe	否定詞 négation	受詞 complément
Je 【ʒə】	ne 【nə】	suis 【sɥi】	pas 【pa】	malade. 【malad】

我沒有生病。

分類統整 針對法語「句型」、「疑問句」、「陰陽性」、「單複數」、「人稱代名詞主詞」、「動詞」等六種法語結構，依序舉例說明！

表格整理 分別就各種詞性一一解說！

第三部分 Unité2～Unité10：學習本文

・帶您運用常用動詞，搭配生活常用句型及單字，生活法語開口說！

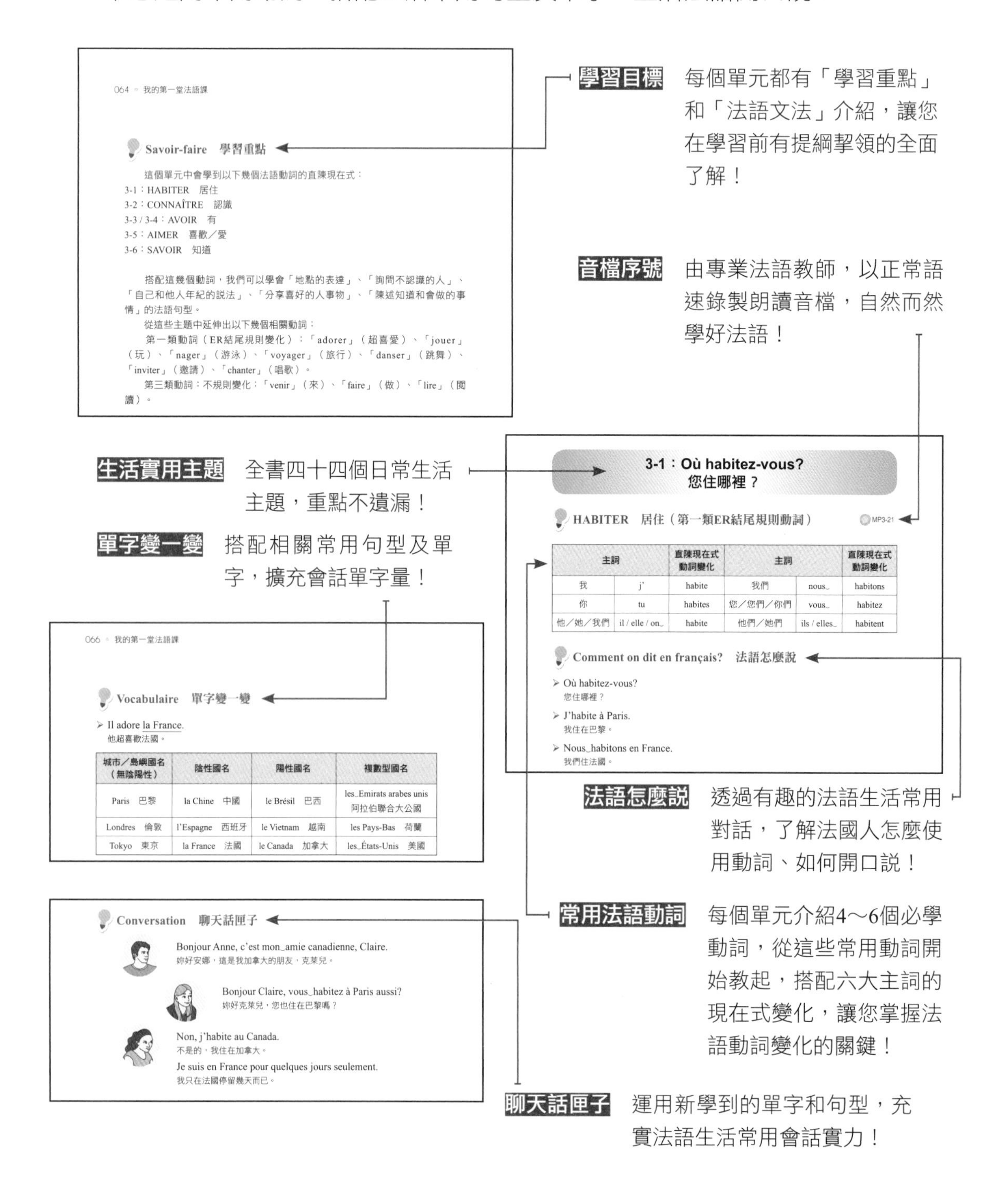

064 ● 我的第一堂法語課

Savoir-faire 學習重點

這個單元中會學到以下幾個法語動詞的直陳現在式：

3-1：HABITER 居住
3-2：CONNAÎTRE 認識
3-3 / 3-4：AVOIR 有
3-5：AIMER 喜歡／愛
3-6：SAVOIR 知道

搭配這幾個動詞，我們可以學會「地點的表達」、「詢問不認識的人」、「自己和他人年紀的說法」、「分享喜好的人事物」、「陳述知道和會做的事情」的法語句型。

從這些主題中延伸出以下幾個相關動詞：

第一類動詞（ER結尾規則變化）：「adorer」（超喜愛）、「jouer」（玩）、「nager」（游泳）、「voyager」（旅行）、「danser」（跳舞）、「inviter」（邀請）、「chanter」（唱歌）。

第三類動詞：不規則變化：「venir」（來）、「faire」（做）、「lire」（閱讀）。

學習目標 每個單元都有「學習重點」和「法語文法」介紹，讓您在學習前有提綱挈領的全面了解！

音檔序號 由專業法語教師，以正常語速錄製朗讀音檔，自然而然學好法語！

生活實用主題 全書四十四個日常生活主題，重點不遺漏！

單字變一變 搭配相關常用句型及單字，擴充會話單字量！

3-1：Où habitez-vous?
您住哪裡？

HABITER 居住（第一類ER結尾規則動詞） MP3-21

主詞		直陳現在式動詞變化	主詞		直陳現在式動詞變化
我	j'	habite	我們	nous_	habitons
你	tu	habites	您／您們／你們	vous_	habitez
他／她／我們	il / elle / on_	habite	他們／她們	ils / elles_	habitent

Comment on dit en français? 法語怎麼說

➢ Où habitez-vous?
您住哪裡？

➢ J'habite à Paris.
我住在巴黎。

➢ Nous_habitons en France.
我們住法國。

066 ● 我的第一堂法語課

Vocabulaire 單字變一變

➢ Il adore la France.
他超喜歡法國。

城市／島嶼國名（無陰陽性）	陰性國名	陽性國名	複數型國名
Paris 巴黎	la Chine 中國	le Brésil 巴西	les_Emirats arabes unis 阿拉伯聯合大公國
Londres 倫敦	l'Espagne 西班牙	le Vietnam 越南	les Pays-Bas 荷蘭
Tokyo 東京	la France 法國	le Canada 加拿大	les_États-Unis 美國

法語怎麼說 透過有趣的法語生活常用對話，了解法國人怎麼使用動詞、如何開口說！

常用法語動詞 每個單元介紹4～6個必學動詞，從這些常用動詞開始教起，搭配六大主詞的現在式變化，讓您掌握法語動詞變化的關鍵！

Conversation 聊天話匣子

Bonjour Anne, c'est mon_amie canadienne, Claire.
妳好安娜，這是我加拿大的朋友，克萊兒。

Bonjour Claire, vous_habitez à Paris aussi?
妳好克萊兒，您也住在巴黎嗎？

Non, j'habite au Canada.
不是的，我住在加拿大。
Je suis en France pour quelques jours seulement.
我只在法國停留幾天而已。

聊天話匣子 運用新學到的單字和句型，充實法語生活常用會話實力！

Unité 3 Qu'est-ce que vous aimez? 您喜歡什麼？ 079

Récapitulons 學習總複習

Production orale 聊聊法語 MP3-27

Ma famille 我的家人

- Bonjour,
  您好
- Je m'appelle Agnès, j'ai dix-sept ans.
  我叫阿涅斯，我十七歲。
- Nous sommes une famille de cinq personnes.
  我們家有五個人。
- Mon père, il a cinquante ans, il travaille dans le commerce.
  我父親，他五十歲，他從商。
- Ma mère a quarante-cinq ans, elle est caissière dans‿un supermarché.
  我媽媽，她四十五歲，她是超市的收銀員。
- Ma grande sœur s'appelle Alice, elle est étudiante en littérature, elle a vingt ans, elle aime la lecture et la musique.
  我的姐姐，名叫愛麗絲，她是文學系的學生，她二十歲，她喜歡閱讀和音樂。
- Mon petit frère s'appelle Antoine, il est lycéen, il aime jouer au foot.
  我的弟弟，名叫沃東，他是高中生，他喜歡踢足球。

聊聊法語 融合法語初級檢定考口說練習和實際生活的短文！

080 我的第一堂法語課

Exercices écrits 隨手寫寫

1） Vous ________ où?
您住哪裡？

2） Je ________ connais ________ cette fille.
我不認識這個女孩子。

3） Il ________ jouer du piano.
他會彈鋼琴。

4） Nous ________ des amis étrangers.
我們有一些外國朋友。

5） Est-ce qu'elle sait ________ de la guitare?
她會彈吉他嗎？

6） Qu'est-ce que ta mère ________?
你媽媽喜歡什麼？

7） ________ écouter de la musique.
我喜歡聽音樂。

8） Mes grands-parents habitent ________ France.
我的爺爺奶奶住在法國。

9） Mon cousin adore ________ États-Unis.
我的表哥超喜歡美國。

隨手寫寫 將單元所學到的內容，透過練習寫出來，更加深您的記憶！

Unité 3 Qu'est-ce que vous aimez? 您喜歡什麼？ 081

Compréhension orale 仔細聽聽 MP3-28

1） Il ________ le sport.
aimez / aimons / aime

2） ________ tu aimes la musique?
Qu'est-ce que / Est-ce que / Que

3） Je ne ________ pas Monsieur Dupont.
connais / connaissez / connaissent

4） ________- vous des frères et sœurs?
Avez / Ai / As

5） On ________ le foot.
n'aime pas / aime / aimons

6） ________ ne sait pas.
Elle / Il / On

7） Je ________ de frères.
n'ai pas / n'ai ni / n'ai

8） Ton amie ________ quel âge?
avez / a / avons

9） Il a ________ ans.
vingt-huit / vingt-six / dix

仔細聽聽 透過專業法語教師的聲音，讓您沉浸在法語環境，累積您的法語聽力！

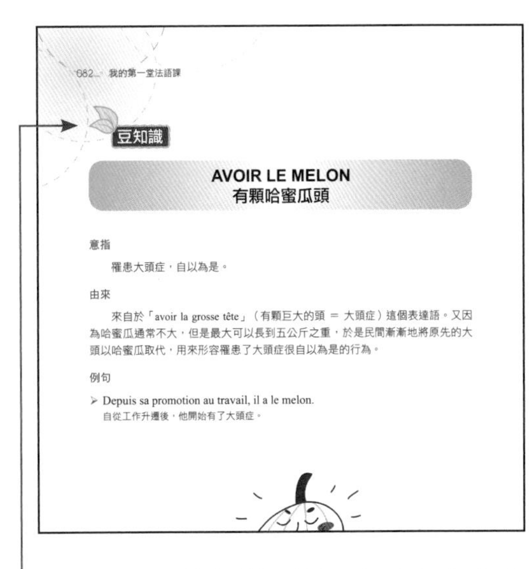
082 我的第一堂法語課

豆知識

AVOIR LE MELON
有顆哈蜜瓜頭

意指

罹患大頭症，自以為是。

由來

來自於「avoir la grosse tête」（有顆巨大的頭 = 大頭症）這個表達語。又因為哈蜜瓜通常不大，但是最大可以長到五公斤之重，於是民間漸漸地將原先的大頭以哈蜜瓜取代，用來形容罹患了大頭症很自以為是的行為。

例句

- Depuis sa promotion au travail, il a le melon.
  自從工作升遷後，他開始有了大頭症。

豆知識 精選法國文化和諺語，讓您可以輕鬆認識法國和法國人！

目次

如何掃描 QR Code 下載音檔

1. 以手機內建的相機或是掃描 QR Code 的 App 掃描封面的 QR Code。
2. 點選「雲端硬碟」的連結之後，進入音檔清單畫面，接著點選畫面右上角的「三個點」。
3. 點選「新增至『已加星號』專區」一欄，星星即會變成黃色或黑色，代表加入成功。
4. 開啟電腦，打開您的「雲端硬碟」網頁，點選左側欄位的「已加星號」。
5. 選擇該音檔資料夾，點滑鼠右鍵，選擇「下載」，即可將音檔存入電腦。

Phonétique
法語發音

法語發音

法語發音中，共有14個母音（voyelles）、3個半母音（semi-voyelles）、17個子音（consonnes）。

Voyelles　母音

MP3-01

音標寫法	發音	常見拼法
【a】	同注音ㄚ。	papa　爸爸、femme　女人、pâte　麵團、à　地方介系詞
【e】	類似注音ㄟ，介於【i】和【ɛ】，嘴型扁長，微笑狀。	bébé　嬰兒、chanter　唱歌、les　複數定冠詞、pied　腳
【ɛ】	類似注音ㄝ，嘴巴張大。	père　父親、faire　做、être　是、mettre　放置
【i】	同注音ㄧ。	merci　謝謝、île　島嶼、haïr　恨、cycle　循環
【y】	同注音ㄩ。	rue　路、sûr　確定、eu　過去分詞、bus　公車
【u】	同注音ㄨ。	pour　為了、où　哪裡、goût　味道、foot　足球
【ø】	類似注音ㄜ，但是又輕又短。	peu　少、bleu　藍色、eux　他們（受詞）、Europe　歐洲
【ə】	同注音ㄜ。	le　陽性單數定冠詞、me　我（受詞）、dessus　在上方、regarder　看

音標寫法	發音	常見拼法
【œ】	類似注音ㄜ，但是音重且長。	heure 點鐘、œuf 蛋、 sœur 姐妹、docteur 醫生
【o】	同注音ㄡ。	beau 帥、dos 背、haut 高的、 côte 岸邊
【ɔ】	同注音ㄛ，嘴型較【o】大。	alors 那麼、fort 厲害、 donner 給予、maximum 最大
【ɛ̃】	鼻母音，嘴型微笑，類似注音ㄤ、。	vin 酒、bain 泡澡、 rien 什麼都沒有、brun 棕髮、 faim 餓、plein 滿
【ɑ̃】	鼻母音，嘴巴張大，類似注ㄨㄥ、。	vent 風、français 法語、 chambre 房間、client 顧客
【ɔ̃】	鼻母音，嘴巴只留一個小口，類似蜜蜂「嗡嗡」聲。	mon 我的、pont 橋、ombre 陰影

Semi-Voyelles 半母音

MP3-02

半母音因前面或後面緊接著一個母音，因此音長較一般母音短。

音標寫法	發音	常見拼法
【j】	在字首，發【i】但是音短。 在字尾，發【i】＋很輕的【ə】。	hier 昨天、yeux 雙眼、 travail 工作、fille 女孩
【ɥ】	發【y】但是音短。	huit 八、fruit 水果、lui 他、 nuage 雲
【w】	發【u】但是音短。	moi 我、jouer 玩、oui 是的、 loin 遠

Consonnes　子音

MP3-03

音標寫法	發音	常見拼法
【p】	類似注音ㄆ，感受到空氣排出。	papa　爸爸、pour　為了、place　位子
【b】	類似注音ㄅ，感受到聲帶振動。	bus　公車、bien　好、robe　洋裝
【t】	類似注音ㄊ，感受到空氣排出。	table　桌子、thé　茶、baguette　長棍麵包
【d】	類似注音ㄉ，感受到聲帶振動。	demain　明天、idée　點子、mode　模式
【f】	類似注音ㄈ，感受到空氣排出。	neuf　九、facile　簡單、typhon　颱風
【v】	類似注音ㄈ，感受到聲帶振動。	vin　酒、voilà　在這裡、rêve　夢
【s】	類似注音ㄙ。	six　六、russe　俄羅斯人、ici　這裡、leçon　課
【z】	類似「茲」，聲帶要振動。	zéro　零、seize　十六、poison　毒藥
【k】	類似注音ㄎ。	café　咖啡、quand　何時、kilo　公斤
【g】	類似注音ㄍ，聲帶要振動。	gâteau　蛋糕、grand　高大的、bague　戒指
【m】	類似注音ㄇ。	maman　媽媽、aimer　愛、femme　女人
【n】	類似注音ㄋ。	nord　北方、anniversaire　生日、chinois　中國人
【l】	類似注音ㄌ。	lit　床、belle　美、mal　糟

音標寫法	發音	常見拼法
【ʀ】	類似「喝」，像漱口由舌後發出的振動音。	riz　米、amour　愛情、maire　市長
【ʒ】	類似「具」，但是音短。	joli　漂亮、géant　巨大的、rouge　紅色
【ʃ】	類似「噓」。	chocolat　巧克力、riche　富有、acheter　買
【ɲ】	類似「涅」，但是音短。	champagne　香檳、Espagne　西班牙

發音小祕訣！

＊ c + a / o / u發【k】
　c + e / i發【s】
＊ g + a / o / u發【g】
　g + e / i發【ʒ】

法語的變音符號和發音

法語的變音符號共有五種：「accent aigu」（左下撇）、「accent grave」（右下撇）、「accent circonflexe」（尖帽子）、「tréma」（上兩點）、「cédille」（掛尾巴）。

◆Accent aigu　左下撇（尖音符）

只出現在「é」，發音為【e】，例如：「été」（夏天）、「éléphant」（大象）。

◆Accent grave　右下撇（重音符）

出現在「è / à / ù」。

è發音為【ε】，例如：「mère」（母親）、「près」（父親）。

à發音與a相同，右下撇符號用來區分同音異字的字，例如：「la」（單數陰性定冠詞）、「là」（這個／這裡）。

ù發音與u相同，右下撇符號用來區分同音異字的字，例如：「ou」（或者）、「où」（哪裡）。

◆Accent circonflexe　尖帽子

出現在「â / ê / î / ô / û」，音長較長。

ê發音為【ε】，音稍微拉長，例如：「tête」（頭）、「forêt」（森林）。

â發音與a相同，音稍微拉長，例如：「grâce」（恩寵）、「château」（城堡）。

î發音與i相同，音稍微拉長，例如：「île」（島嶼）、「dîner」（晚餐）。

ô發音與o相同，音稍微拉長，例如：「nôtre」（我們的）、「hôpital」（醫院）。

û發音與u相同，音稍微拉長，例如：「sûr」（確定）、「mûr」（成熟的）。

◆Tréma　上兩點

出現在「ï / ë」，該母音必須單獨發一個音節。

ï發音與i相同，例如：「naïve」（天真的）、「égoïste」（自私的）。

ë發音為【ɛ】，例如：「Noël」（聖誕節）、「Israël」（以色列）。

◆Cédille　掛尾巴

只出現在「ç」，發音為【s】，例如：「ça」（這個）、「garçon」（男孩）。

法語的連音

法語是一個注重連貫性的語言，因此發展出「連音」和「連續音」的概念，使得它擁有獨特的旋律美。

在法語的字彙中，大部分字尾以子音結尾的字彙都不發音。但是，如果這些原本不發音的子音（d / m / n / s / t / x / z），後面緊接著一個母音開頭的字彙，此時，原本不發音的子音就必須發音與後面緊接的母音結合成一個音節，讓句子有連貫性，而這個特性，就是所謂的「連音」（liaison）。

「連續音」（enchaînement）則意指原本法文字尾已經會發音的子音，因後面緊接著母音為字首的字，在說話時自然結合成為一個音節的現象。

連音和連續音時必須注意的變音：【s】變為【z】、【d】變為【t】、【f】變為【v】

連　音
- 【s】變為【z】，例如：trois‿amis【tʀwa zami】三個朋友、dix‿ans【di zɑ̃】十年。
- 【d】變為【t】，例如：grand‿ami【gʀɑ̃ tami】很好的朋友、quand‿il viendra【kɑ̃ tivjɛ̃dʀa】當他來的時候。

連續音
- 【f】變為【v】，例如：neuf‿heures【nœ vœʀ】九點鐘、neuf‿ans【nœ vɑ̃】九年。

必要連音（一定要連音）

MP3-04

◆名詞詞組（形容詞＋名詞）

例如：

deux‿euros【dø zœʀo】兩歐元

un‿examen【ɛ̃ nɛgzamɛ̃】一個考試

◆動詞詞組（代名詞主詞on / nous / vous / ils / elles＋動詞為母音開頭的字）

例如：

On‿a un sac.【ɔ̃ na ɛ̃ sak】　我們有一個包包。（on是nous的口語用法）

Nous‿avons un sac.【nu zavɔ̃ ɛ̃ sak】　我們有一個包包。

Vous‿avez un sac.【vu zave ɛ̃ sak】　你們有一個包包。

Ils‿ont un sac.【 il zɔ̃ ɛ̃ sak 】 他們有一個包包。

Elles‿ont un sac.【 ɛl zɔ̃ ɛ̃ sak 】 她們有一個包包。

◆動詞est（être的單數第三人稱變化）之後接母音開頭的字

例如：

C'est‿une jolie fille.【 sɛ tyn ʒɔli fij 】 那是一個漂亮的女孩。

Il est‿arrivé.【 ilɛ taʀive 】 他到了。

◆短副詞（單音節的副詞）之後

例如：

très‿occupé【 tʀɛ zɔkype 】 很忙

bien‿amusé【 bjɛ̃ namyze 】 玩得盡興

plus‿intéressant【 ply zɛ̃teʀɛsɑ̃ 】 比較有趣

dans‿un bus【 dɑ̃ zɛ̃ bys 】 在一輛公車上

chez‿eux【 ʃe zœ 】 他們家

sans‿elle【 sɑ̃ zɛl 】 沒有她

en‿avance【 ɑ̃ navɑ̃s 】 提前

◆疑問詞Quand

例如：

Quand‿est-ce qu'il vient?【 kɑ̃ tɛ s kil vjɛ̃ 】 他什麼時候來？

Quand‿il viendra.【 kɑ̃ ti vjɛ̃dʀɑ 】 當他來的時候。

◆既定用法

例如：

avant-hier【 avɑ̃ tiɛʀ 】 前天

c'est-à-dire【 sɛ ta diʀ 】 也就是說

plus‿ou moins【 ply zu mwɛ̃ 】 或多或少

禁止連音（不可連音）

◆氣音h之前

例如：

les héros【le eʀo】　英雄們

les haricots【le aʀiko】　豆子

◆動詞詞組

1）名詞主詞不可和動詞連音

例如：

Le train arrive demain.【lə tʀɛ̃ aʀiv dəmɛ̃】　火車明天到。

Vincent est arrivé à l'heure.【vɛ̃sɑ̃ ɛ taʀive a lœʀ】　范森準時到達。

2）動詞之後不可連音

例如：

Tu veux un café?【ty vø ɛ̃ kafe】　你要一杯咖啡嗎？

Il part avec ses parents.【il paʀ avɛk se paʀɑ̃】　他和他的父母一起離開。

◆連接詞Et之後

例如：

une fille et un garçon【yn fij ɛ ɛ̃ gaʀsɔ̃】　一個女生和一個男生

un café et un thé【ɛ̃ kafe ɛ ɛ̃ te】　一杯咖啡和一杯茶

◆疑問詞Comment / Combien之後

例如：

Comment il est venu?【kɔmɑ̃ ilɛ vəny】　他怎麼來的？

Combien êtes-vous?【kɔ̃bjɛ̃ ɛt vu】　您們幾位？

◆疑問詞Quand＋倒裝句時，不連音

例如：

Quand est-il arrivé?【kɑ̃ ɛ til aʀive】　他什麼時候到？

法語的二十六個字母

MP3-05

大寫	小寫	讀法
A	a	【a】
B	b	【be】
C	c	【se】
D	d	【de】
E	e	【ə】
F	f	【ɛf】
G	g	【ʒe】
H	h	【aʃ】
I	i	【i】
J	j	【ʒi】
K	k	【ka】
L	l	【ɛl】
M	m	【ɛm】
N	n	【ɛn】
O	o	【o】
P	p	【pe】
Q	q	【ky】
R	r	【ɛʀ】
S	s	【ɛs】
T	t	【te】
U	u	【y】

大寫	小寫	讀法
V	v	【 ve 】
W	w	【 dublve 】
X	x	【 iks 】
Y	y	【 igʀɛk 】
Z	z	【 zɛd 】

Récapitulons　學習總複習

Exercices écrits　隨手寫寫

1）garçon（男孩）的ç的發音為【　　　　】。

2）J'ai neuf ans.（我九歲。）中的連音 / 連續音在 ________ 和 ________ 中間，發音為【　　　　】。

3）Été的é發音為【　　　　】，嘴形 ________ 。

4）右下撇的發音符號法文稱為 ________ 。

5）連接詞Et之後為「禁止連音」還是「必要連音」？

6）以s / x / z結尾的字彙如果緊接著一個母音開頭的字彙，連音時的發音為【　　　　】。

7）vin（酒）、bain（泡澡）、faim（餓）中的鼻母音為【　　　　】。

8）出現在母音上的兩點發音符號tréma的作用：________________ 。

9）voilà / moi / voisin中的oi在法文中的發音為【　　　　】。

10）請用法文字母發音拼讀出自己的名字：________________________ 。

 Compréhension orale　仔細聽聽

MP3-06

1） père / pour / peur / pire

2） sur / sous / sauce / sœur

3） la / ra / ça / ka

4） beau / eau / fort / faux

5） pain / pont / dans / bain

6） con / quand / café / cause

7） neuf / œuf / veuf / pauvre

8） fils / fille / file / fic

9） été / tête / hier / hiver

10） loi / roi / voir / voilà

Unité 1

Caractéristiques de la langue française

法語特性

 Savoir-faire　學習重點

在這個單元裡，主要介紹法語的結構，提供您建立開始學習法語前的基本概念，共分成六個部分：

1-1：Structurer une phrase　法語句型
1-2：Phrase interrogative　法語的疑問句
1-3：Masculin / Féminin　法語的陰陽性
1-4：Singulier / Pluriel　法語的單複數
1-5：Pronoms personnels sujets　法語的人稱代名詞主詞
1-6：Verbes　法語的動詞（er / ir / 不規則動詞）

1-1：Structurer une phrase 法語句型

MP3-07

法語的句型跟其他語言差不多，也是由主詞、動詞、受詞，這三個主要元素組成。這三個元素的組合變化就可以形成：肯定、否定、疑問和倒裝句型。

肯定句

主詞 + 動詞 + 受詞

主詞 sujet	動詞 verbe	受詞 complément
Je 【ʒə】	suis 【sɥi】	malade. 【malad】

我生病了。

否定句

主詞 + ne + 動詞 + 否定詞 + 受詞

主詞 sujet	否定詞 ne	動詞 verbe	否定詞 négation	受詞 complément
Je 【ʒə】	ne 【nə】	suis 【sɥi】	pas 【pa】	malade. 【malad】

我沒有生病。

疑問句

肯定句尾音上揚問句

主詞 sujet	動詞 verbe	受詞 complément
Je 【ʒə】	suis 【sɥi】	malade?（尾音上揚） 【malad】

我生病了嗎？

主詞動詞倒裝問句

動詞 verbe	主詞 sujet	受詞 complément
Suis 【sɥi】	je 【ʒə】	malade?（尾音上揚） 【malad】

我生病了嗎？

疑問詞問句

疑問詞 intérrogation	主詞 sujet	動詞 verbe	受詞 complément
Est-ce que 【ɛ s kə】	je 【ʒə】	suis 【sɥi】	malade? 【malad】

我生病了嗎？

1-2：Phrase interrogative
法語的疑問句

MP3-08

Qui 誰

口語	口語／書寫	書寫
Vous cherchez qui? 【 vu ʃɛʀʃe ki 】	Qui est-ce que vous cherchez? 【 ki ɛ-s kə vu ʃɛʀʃe 】	Qui cherchez-vous? 【 ki ʃɛʀʃe-vu 】

您找誰？

Quoi / Que 什麼

口語	口語／書寫	書寫
Tu cherches quoi? 【 ty ʃɛʀʃ kwa 】	Qu'est-ce que tu cherches? 【 kɛ-s kə ty ʃɛʀʃ 】	Que cherches-tu? 【 kə ʃɛʀʃ-ty 】

你找什麼？

Où 那裡

口語	口語／書寫	書寫
Tu vas où? 【 ty va u 】	Où est-ce que tu vas? 【 u ɛ-s kə ty va 】	Où vas-tu? 【 u va-ty 】

你去哪裡？

Combien 多少

口語	口語／書寫	書寫
Vous‿êtes combien? 【 vu zɛt kɔ̃bjɛ̃ 】	Combien est-ce que vous‿êtes? 【 kɔ̃bjɛ̃ ɛ-s kə vu zɛt 】	Combien êtes-vous? 【 kɔ̃bjɛ̃ ɛt-vu 】

您們 / 你們幾位？

Quand　什麼時候

口語	口語／書寫	書寫
Tu pars quand? 【 ty paʀ kɑ̃ 】	Quand‿est-ce que tu pars? 【 kɑ̃ tɛ-s kə ty paʀ 】	Quand pars-tu? 【 kɑ̃ paʀ-ty 】

你什麼時候啟程？

Comment　如何／怎麼

口語	口語／書寫	書寫
Tu viens comment? 【 ty vjɛ̃ kɔmɑ̃ 】	Comment est-ce que tu viens? 【 kɔmɑ̃ ɛ-s kə ty vjɛ̃ 】	Comment viens-tu? 【 kɔmɑ̃ vjɛ̃-ty 】

你怎麼前來的？

Quel / Quelle　哪種／什麼

口語	口語／書寫	書寫
Vous‿avez quel âge? 【 vu zave kɛl ɑʒ 】	Quel âge est-ce que vous‿avez? 【 kɛl ɑʒ ɛ-s kə vu zave 】	Quel âge avez-vous? 【 kɛl ɑʒ ave-vu 】

您幾歲？

1-3：Masculin / Féminin
法語的陰陽性

MP3-09

法語除了名詞（人名、物品、代名詞、主詞、受詞）有陰陽性之分、冠詞（定冠詞和不定冠詞）和形容詞，甚至於動詞有時候也會受到名詞陰陽性影響而必須作調整。因此，在建構一個正確的法語句子時，就必須多費點心思，雖然如此，區別陰陽性還是有跡可循的，通常可以從字尾略知一二。

另外，即使遇到需要變化陰陽性的狀況，也不需緊張，因為變化大部分都有規則，只有一些特殊案例必須注意。

名詞的陰陽性

大致可以從字尾觀察（非絕對性）。

陽性（以……結尾）	陰性（以……結尾）
ment un médicament　一種藥品 un gouvernement　一個政府	**tion / sion** une solution　一個解決方案 une télévision　一台電視
phone un téléphone　一台電話 un‿interphone　一台對講機	**té** la réalité　事實／真相 la beauté　美麗
scope un téléscope　一個望遠鏡 un microscope　一個顯微鏡	**ure** la culture　文化 la peinture　繪畫
eau un bureau　一張辦公桌 un couteau　一個刀子	**ette** une bicyclette　一台自行車 une casquette　一頂鴨舌帽
teur un‿acteur　一位男演員 un‿ordinateur　一台電腦	**ence / ance** la différence　差異 la connaissance　知識

形容詞的陰陽性

陰陽性變化的普遍規則：陽性形容詞字尾 + e ＝ 陰性形容詞

例如：

un français【 ɛ̃ fʀɑ̃sɛ 】 一個男的法國人

une française【 yn fʀɑ̃sɛz 】 一個女的法國人

un‿étudiant espagnol【 ɛ̃ netydjɑ̃ ɛspaɲɔl 】 一個西班牙男學生

une étudiante espagnole【 yn etydjɑ̃t ɛspaɲɔl 】 一個西班牙女學生

1-4：Singulier / Pluriel
法語的單複數

MP3-10

如同其他語言一樣，法語的名詞、冠詞、形容詞也有單數和複數的分別，有以下三個原則：

1）單數詞在字尾加上s就成了複數詞，單複數的發音相同。

例如：

une fleur rose【yn flœʀ ʀoz】 一朵粉紅色的花

deux fleurs roses【dø flœʀ ʀoz】 二朵粉紅色的花

2）單數詞以eau結尾者，複數形態在字尾加上x，發音不變。

例如：

un joli château【ɛ̃ ʒɔli ʃɑto】 一座漂亮的城堡

des jolis châteaux【de ʒɔli ʃɑto】 一些漂亮的城堡

3）單數詞以al結尾者，變成複數詞時稱為aux，發音由【al】變成【o】改變。

例如：

un journal【ɛ̃ ʒuʀnal】 一份報紙

des journaux【de ʒuʀno】 一些報紙

1-5：Pronoms personnels sujets
法語的人稱代名詞主詞

MP3-11

法語中有不少代名詞，最重要的不外乎是運用在動詞變化上的人稱代名詞，因為每個動詞都是跟著主詞代名詞而變化。

法文人稱主詞	發音	中文意思
je	【ʒə】	我
tu	【ty】	你
il	【il】	他
elle	【ɛl】	她
on	【ɔ̃】	我們（口語）
nous	【nu】	我們（正式/書寫）
vous	【vu】	您／你們／您們
ils	【il】	他們
elles	【ɛl】	她們

1-6：Verbes
法語的動詞（er / ir / 不規則動詞）

法語的動詞可分為三大類

1）第一類動詞：以ER結尾的原型動詞。
2）第二類動詞：以IR結尾的原型動詞。
3）第三類動詞：不屬於第一類和第二類的動詞，稱為不規則動詞。

法語的動詞形式共有七種、三種時態，主動與被動。

在初級法語中，只討論以下幾個最常用的主動語氣時態：

直陳式／客觀式（indicatif）	現在式（présent） 過去動作式（passé composé） 過去情境式（imparfait） 簡單未來式（futur simple） 即將未來式（futur proche） 剛才過去式（passé immédiat） 現在進行式（présent continu）
命令式（impératif）	現在式（présent）
條件式（conditionnel）	現在式（présent）
主觀式（subjonctif）	現在式（présent）

Récapitulons　學習總複習

Exercices écrits　隨手寫寫

1）＿＿＿＿＿ suis français.
我是法國人（男生）。

2）Elle est ＿＿＿＿＿.
她是法國人（女生）。

3）＿＿＿＿＿ vas-tu?
你要去哪裡？

4）＿＿＿＿＿ tu regardes?
你在看什麼？

5）J'ai un pantalon vert et une robe bleu＿＿＿＿＿.（藍色：bleu陽性）
我有一件綠色的褲子和一件藍色的洋裝。

6）Il y a des journ＿＿＿＿＿ sur la table.
有一些報紙在桌上。

7）＿＿＿＿＿ vous parlez français?
您會說法語嗎？

8）Vous êtes ＿＿＿＿＿?
您們幾位？

9）Vous vous appelez ＿＿＿＿＿?
您怎麼稱呼？

10）＿＿＿＿＿ finissons nos devoirs.
我們完成了我們的作業了。

Compréhension orale 仔細聽聽

MP3-12

1） Il y a _________.
des châteaux / un château / deux châteaux

2） _________ parle français.
Je / Tu / On / Elle

3） _________ tu viens?
Quand / Est-ce que / Qu'est-ce que

4） Chuang est _________.
taïwainais / taïwainaise

5） Nous achetons un _________.
journaux / journal

6） _________ tu fais ?
Qu'est-ce que / Que / Où

7） _________ aimons beaucoup la France.
Nous / On / Vous

8） _________ vient nous chercher ?
Quand / Qui / Quoi

9） On _________ français.
parlons / parlez / parle

10） _________ tous les gâteaux!
Finissez / Finissons / Finissent

豆知識

POSER UN LAPIN
放兔子

意指

沒有事先告知約會的對象，而不去赴約讓人空等。等同於中文中的「放人鴿子」。

由來

十九世紀時，這個說法是指不願意支付報酬給付出辛勞的小女工的行為。當時「lapin」（兔子）象徵不支付薪水的行為。之後又被借用來形容偷渡者。今日的意思則是沿用十九世紀末學生之間的流行用法，形容「讓人空等」。

例句

➢ Il m’a posé un lapin!
他放了我鴿子！

Unité 2

Comment vous vous appelez?

您叫什麼名字？

 Savoir-faire　學習重點

這個單元中會學到以下幾個法語動詞的直陳現在式（Présent de l'indicatif）時態：

2-1：ALLER　過得

2-2：S'APPELER　叫什麼名字

2-3：PARLER　說

2-4：ÊTRE　是

2-5：FAIRE　做

2-6：POUVOIR　可以

使用這幾個動詞，我們可以學會「表達近況」、「介紹自己和他人的名字」、「國籍和語言的說法」、「從事的職業」、「電話號碼的說法」常用句型，以及「家人稱謂」和「數字」的法語字彙，甚至可以詢問他人的資訊或是介紹他人。

 Grammaire　法語文法

2-1：形容近況的副詞（bien / pas bien / mal）

2-2：介紹家人稱謂的陰陽性

2-3：程度副詞的使用（couramment / très bien / bien / un peu / mal）

2-4：介紹國籍陰陽性以及變化

2-5：職業陰陽性的介紹與使用
venir de + 冠詞的變化

2-6：法語數字的說法

Présent de l'indicatif　直陳現在式

◎使用時機：用來描述現在的情況，狀態與動作。

◎動詞結構：動詞直陳現在式時態變化。

1）第一類動詞：以ER結尾的原型動詞

parler　講（直陳現在式）

主詞	動詞變化	變化規則
je	parle【paʀl】	去字尾er、加e，不發音
tu	parles【paʀl】	去字尾er、加es，不發音
il / elle / on	parle【paʀl】	去字尾er、加e，不發音
nous	parlons【paʀlɔ̃】	去字尾er、加ons，發【ɔ̃】
vous	parlez【paʀle】	去字尾er、加ez，發【e】
ils / elles	parlent【paʀl】	去字尾er、加ent，不發音

2）第二類動詞：以IR結尾的原型動詞

finir　結束（直陳現在式）

主詞	動詞變化	變化規則
je	finis【fini】	去字尾ir、加is，s不發音
tu	finis【fini】	去字尾ir、加is，s不發音
il / elle / on	finit【fini】	去字尾ir、加it，t不發音
nous	finissons【finisɔ̃】	去字尾ir、加issons，發【isɔ̃】
vous	finissez【finise】	去字尾ir、加issez，發【ise】
ils / elles	finissent【finis】	去字尾ir、加issent，發【is】、ent不發音

3）第三類動詞：不屬於第一類和第二類的動詞，稱為不規則動詞。

許多常用的動詞都在此類，例如：être、avoir、prendre、vouloir、pouvoir...。雖然稱為不規則動詞，但還是有一些規則可循的。例如：vouloir和pouvoir的字尾變化雷同。

2-1：Comment‿allez-vous?
您好嗎？

ALLER 過得（第三類不規則動詞）

MP3-13

主詞		直陳現在式動詞變化	主詞		直陳現在式動詞變化
我	je	vais	我們	nous‿	allons
你	tu	vas	您／您們／你們	vous‿	allez
他／她／我們	il / elle / on	va	他們／她們	ils / elles	vont

Comment on dit en français? 法語怎麼說

➢ Comment‿allez-vous?
您好嗎？

➢ Vous‿allez bien?
您近來好嗎？

➢ Comment vas-tu?
你好嗎？

➢ Ça va?
最近好嗎？

➢ Je vais bien, et vous?
我很好，您呢？

➢ Très bien, merci et toi?
很好，謝謝。那你呢？

➢ Ça va.
還好囉。

 Vocabulaire　單字變一變

➢ Je ne vais pas bien.
我過得不好。

➢ Je vais bien.
我很好。

très bien　非常好
mal　糟糕

 Conversation　聊天話匣子

Bonjour, comment‿allez-vous?
早安，您好嗎？

Je vais bien, merci et vous?
我很好，謝謝，您呢？

Très bien, merci.
很好，謝謝。

2-2：Comment vous vous‿appelez?
您叫什麼名字？

S'APPELER 叫什麼名字（第一類ER結尾規則動詞）MP3-14

主詞		直陳現在式動詞變化	主詞		直陳現在式動詞變化
我	je	m'appelle	我們	nous	nous‿appelons
你	tu	t'appelles	您／您們／你們	vous	vous‿appelez
他／她／我們	il / elle / on	s'appelle	他們／她們	ils / elles	s'appellent

Comment on dit en français? 法語怎麼說

- Comment vous‿appelez-vous?
  您叫什麼名字？
- Tu t'appelles comment?
  你叫什麼名字？
- Comment s'appelle-t-il?
  他叫什麼名字？
- Je m'appelle Léa.
  我叫莉亞。
- Mon petit frère s'appelle Théo.
  我的弟弟叫泰歐。

Vocabulaire 單字變一變

➢ Mon père s'appelle Robert.
我爸爸叫羅貝爾。

➢ Ma mère s'appelle Julia.
我媽媽叫朱莉亞。

陽性稱謂	陰性稱謂
grand frère 哥哥	grande sœur 姐姐
petit frère 弟弟	petite sœur 妹妹
cousin 表兄弟／堂兄弟	cousine 表姐妹／堂姐妹
neveu 姪子／外甥	nièce 姪女／外甥女
oncle 舅舅／叔叔	tante 阿姨／姑姑
grand-père 爺爺／外公	grand-mère 奶奶／外婆
mari 丈夫	femme 妻子
fils 兒子	fille 女兒
petit-fils 孫子	petite-fille 孫女

Conversation 聊天話匣子

Comment vous vous‿appelez?
您叫什麼名字？

Je m'appelle Françoise, et vous?
我叫鳳絲華，您呢？

Moi, c'est Anna, enchantée.
我叫安娜，幸會。

Enchantée.
幸會。

2-3：Vous parlez français?
您說法語嗎？

PARLER　說（第一類ER結尾規則動詞）

MP3-15

主詞		直陳現在式動詞變化	主詞		直陳現在式動詞變化
我	je	parle	我們	nous	parlons
你	tu	parles	您／您們／你們	vous	parlez
他／她／我們	il / elle / on	parle	他們／她們	ils / elles	parlent

Comment on dit en français?　法語怎麼說

- Vous parlez français?
  您說法語嗎？
- Quelle langue parlez-vous?
  您說那種語言？
- Elle ne parle pas espagnol.
  她不會說西班牙文。
- Je parle un peu français.
  我說一點點法語。

Vocabulaire 單字變一變

➢ Je parle un peu français.
我說一點點法語。

courament 流利地
très bien 非常好地
bien 很好地
un peu 一點點地
mal 糟糕地

Conversation 聊天話匣子

Combien de langues parlez-vous?
您會說幾種語言？

Je parle chinois, anglais et français.
我說中文，英文和法語。

Quelle est votre langue maternelle?
您的母語是哪個語言？

C'est le chinois.
母語是中文。

2-4：Quelle est votre nationalité?
您是哪國人？

ÊTRE 是（第三類不規則動詞）

MP3-16

主詞		直陳現在式動詞變化	主詞		直陳現在式動詞變化
我	je	suis	我們	nous	sommes
你	tu	es	您／您們／你們	vous‿	êtes
他／她／我們	il / elle / on‿	est	他們／她們	ils / elles	sont

VENIR 來（第三類不規則動詞）

主詞		直陳現在式動詞變化	主詞		直陳現在式動詞變化
我	je	viens	我們	nous	venons
你	tu	viens	您／您們／你們	vous	venez
他／她／我們	il / elle / on	vient	他們／她們	ils / elles	viennent

Comment on dit en français? 法語怎麼說

➢ Quelle est votre nationalité?
您是哪國人？

➢ Vous‿êtes français?
您是法國人嗎？

➢ Il est de quel pays?
他是從哪個國家來的？

➢ Elle vient de France.
她來自法國。

➢ Je suis taïwanaise.
我是臺灣人（女生）。

➢ 1）Tu es anglaise.
你是英國人（女生）。

Je suis français.
我是法國人（男生）。

國籍陽性	國籍陰性
français 男法國人	française 女法國人
anglais 男英國人	anglaise 女英國人
chinois 男中國人	chinoise 女中國人
taïwanais 男臺灣人	taïwanaise 女臺灣人
espagnol 男西班牙人	espagnole 女西班牙人
américain 男美國人	américaine 女美國人
italien 男義大利人	italienne 女義大利人
belge 男比利時人	belge 女比利時人

➢ 2）Elle vient de France.
她來自法國。

de + 陰性國名／城市／島嶼國名	du + 陽性國名	d' + 以母音開頭的國名	des + 複數型國名
de France 來自法國	du Canada 來自加拿大	d'Allemagne 來自德國	des‿États-Unis 來自美國
de Belgique 來自比利時	du Japon 來自日本	d'Espagne 來自西班牙	des Pays-Bas 來自荷蘭
de Taïwan 來自臺灣	du Mexique 來自墨西哥	d'Iran 來自伊朗	des‿Émirats arabes unis 來自阿拉伯聯合大公國

Conversation 聊天話匣子

Bonjour Mademoiselle, vous‿êtes française?
您好，小姐，請問您是法國人嗎？

Oui, et vous?
是的，您呢？

Je suis italien.
我是義大利人。

2-5：Qu'est-ce que vous faites dans la vie? 您做什麼工作？

FAIRE　做（第三類不規則動詞）

主詞		直陳現在式動詞變化	主詞		直陳現在式動詞變化
我	je	fais	我們	nous	faisons
你	tu	fais	您／您們／你們	vous	faites
他／她／我們	il / elle / on	fait	他們／她們	ils / elles	font

Comment on dit en français?　法語怎麼說

- Qu'est-ce que vous faites dans la vie?
  您從事那個工作？
- Quelle est votre profession?
  您的職業是什麼？
- Quel est votre métier?
  您的職業是什麼？
- Vous travaillez dans quel domaine?
  您從事那一行的？
- Je suis étudiant.
  我是學生。
- Mon père travaille dans la finance.
  我爸爸在金融業工作。

Vocabulaire 單字變一變

➢ Je suis étudiant.
我是學生。（男生）

➢ Elle est étudiante.
她是學生。（女生）

職業陽性	職業陰性
chanteur 男歌手	chanteuse 女歌手
directeur 男經理	directrice 女經理
acteur 男演員	actrice 女演員
secrétaire 男祕書	secrétaire 女祕書
professeur 男老師	professeure 女老師

Conversation 聊天話匣子

Qu'est-ce que ta mère fait dans la vie?
你媽媽從事什麼工作？

Elle est professeure d'anglais.
她是英語老師。

D'accord, elle travaille dans‿une école?
是喔，她在學校教書嗎？

Oui, dans‿une école maternelle.
是的，在一間幼稚園裡教書。

2-6：Quel est votre numéro de téléphone?
您的電話號碼是幾號？

POUVOIR　可以（第三類不規則動詞）

主詞		直陳現在式動詞變化	主詞		直陳現在式動詞變化
我	je	peux	我們	nous	pouvons
你	tu	peux	您／您們／你們	vous	pouvez
他／她／我們	il / elle / on	peut	他們／她們	ils / elles	peuvent

Comment on dit en français?　法語怎麼說

- Quel est votre numéro de téléphone?
  您的電話號碼多少？
- Mon numéro de téléphone est le zéro six cinquante-deux treize quarante-cinq quatre-vingt-neuf.
  我的電話號碼是06 52 13 45 89。
- C'est le zéro six cinquante-deux treize quarante-cinq quatre-vingt-neuf.
  號碼是06 52 13 45 89。
- Pouvez-vous répéter, s'il vous plaît?
  請再說一遍，麻煩您了？
- Bien sûr.
  當然沒問題。

Vocabulaire 單字變一變

➢ C'est le zéro six cinquante-deux treize quarante-cinq quatre-vingt-neuf.
號碼是06 52 13 45 89。

法語數字		法語數字		法語數字		法語數字	
0	zéro	10	dix	20	vingt	51	cinquante-et-un
1	un	11	onze	21	vingt-et-un	60	soixante
2	deux	12	douze	22	vingt-deux	61	soixante-et-un
3	trois	13	treize	23	vingt-trois	70	soixante-dix
4	quatre	14	quatorze	28	vingt-huit	71	soixante-et-onze
5	cinq	15	quinze	30	trente	80	quatre-vingts
6	six	16	seize	31	trente-et-un	81	quatre-vingt-un
7	sept	17	dix-sept	40	quarante	90	quatre-vingt-dix
8	huit	18	dix-huit	41	quarante-et-un	91	quatre-vingt-onze
9	neuf	19	dix-neuf	50	cinquante	100	cent

Conversation 聊天話匣子

Salut Anna, tu as le numéro de téléphone de Denis?
哈囉安娜，你有丹尼的電話號碼嗎？

Oui, c'est le 06 85 76 94 12.
有啊，是06 85 76 94 12。

Je répète: 06 85 76 94 12, c'est ça?
我重複一次：06 85 76 94 12，是這樣嗎？

Oui, c'est ça.
是的，沒錯。

Merci beaucoup.
多謝了。

Récapitulons　學習總複習

Production orale　聊聊法語

MP3-19

Je me présente　自我介紹

- Je m'appelle Fabrice.
  我叫法博斯。
- Mon nom de famille est DUPONT.
  我姓杜邦。
- Je suis français.
  我是法國人。
- Je suis étudiant en médecine.
  我是醫學院的學生。
- Mon père est‿anglais, il est professeur d'anglais dans‿un lycée.
  我爸爸是英國人，他是高中的英語老師。
- Ma mère est française, elle est secrétaire dans‿une banque.
  我媽媽是法國人，她是銀行的祕書。
- Je parle anglais, français et un peu espagnol.
  我會說英語，法語和一點點西班牙語。
- Mon numéro de téléphone est le 06 58 21 56 79.
  我的電話號碼是06 58 21 56 79。

Exercices écrits 隨手寫寫

1） Il __________ Denis.
他叫丹尼。

2） Nous __________ italiens.
我們是義大利人。

3） Qu'est-ce que vous __________ dans la vie?
您是從事什麼工作？

4） Je parle __________ et __________.
我會說法語和中文。

5） Mon grand frère est __________.
我哥哥是演員。

6） Ma petite sœur __________ danseuse.
我妹妹是舞者。

7） Quelle est votre __________?
您是哪國人？

8） Comment __________-vous?
您近來好嗎？

9） Je __________ bien.
我很好。

10） Mon numéro de téléphone est le ______________________________________.
我的電話號碼是06 89 75 46 15 32。

Compréhension orale 仔細聽聽

MP3-20

1） je / tu / il / elle

2） nous / vous / ils / elles

3） je parle / nous parlons / ils parlent / tu parles

4） nous sommes / vous êtes / ils sont / ils vont

5） Il est __________.
chanteur / chanteuse / acteur / actrice

6） mon père / ma mère / mon frère / ma sœur

7） on fait / nous faisons / vous faites / ils font

8） Denis est __________.
italien / italienne

9） Je __________ bien.
vais / vas / vont

10） Vous __________ bien?
allez / allons

Les emblèmes de la France
法國的象徵物

談到法國，馬上令人想起世界聞名的古蹟名勝、法國精品以及法式料理。然而，如果您稍微細心觀察，其實代表法國的象徵物不僅僅如此而已。

「自由、平等、博愛」（Liberté, Égalité, Fraternité）的精神

不但是法蘭西共和國的精神座右銘，也正式於西元一九五八年列入法國憲法中。這個精神源自啟蒙時期的思想，法國大革命時的革命口號，流傳至今成為歷史遺產之一。

「自由」：在不傷害其他人的前提下，人們有權利做任何想做的事。

「平等」：法律之前人人平等。

「博愛」：人人生為自由平等，但是人與人之間應該維持應有的尊重和互助的精神。

三色國旗（le drapeau tricolore : bleu, blanc, rouge）

法國的國旗是三色旗：藍、白、紅（bleu, blanc, rouge），法國革命時的產物。顏色順序不能顛倒，因為一般的說法都是由左而右講。

「白色」：是法國君主時期的王室旗幟的顏色。

「藍色、紅色」：是巴黎的旗幟顏色。

法國國歌—馬賽曲（la Marseillaise）

由約瑟夫・胡爵德・禮詩樂（Jossph Rouget de Lisle）作曲的一首軍歌。因為法國革命時期馬賽志願軍前往巴黎支援起義時，選定這首軍歌為進行曲，於是有了馬賽曲之稱。這首軍歌展現出的非凡氣勢，讓它風行全法。西元一七九五年，成為法國國歌。西元二〇〇五年開始，在法國的各個小學裡，馬賽曲是公民課中必修的教材之一。

公雞（le Coq）

源自於文字遊戲中的象徵。話說古羅馬時期的法國稱為高盧（la Gaule），居民稱為高盧人（les Gaulois）。而高盧人的拉丁文為gallus，但是gallus還有公雞（coq）的意思，自此之後，法國和公雞開始有了密不可分的關係。每逢國際性的體育盛事上，法國國家代表隊的吉祥物就是公雞。

瑪麗安娜（Marianne）

西元一七九二年時，將法國人物化後的人物代表。通常，瑪麗安娜的雕像，頭頂帶有象徵自由的軟尖帽（bonnet phrygien），她象徵著法蘭西共和國，自由和民主。法國的市政府與公家機關都會陳列瑪麗安娜的頭像，另外，法國的郵票也會看到她的肖像。

Unité 3

Qu'est-ce que vous aimez?

您喜歡什麼？

 Savoir-faire　學習重點

這個單元中會學到以下幾個法語動詞的直陳現在式：

3-1：HABITER　居住

3-2：CONNAÎTRE　認識

3-3 / 3-4：AVOIR　有

3-5：AIMER　喜歡／愛

3-6：SAVOIR　知道

搭配這幾個動詞，我們可以學會「地點的表達」、「詢問不認識的人」、「自己和他人年紀的說法」、「分享喜好的人事物」、「陳述知道和會做的事情」的法語句型。

從這些主題中延伸出以下幾個相關動詞：

第一類動詞（ER結尾規則變化）：「adorer」（超喜愛）、「jouer」（玩）、「nager」（游泳）、「voyager」（旅行）、「danser」（跳舞）、「inviter」（邀請）、「chanter」（唱歌）。

第三類動詞：不規則變化：「venir」（來）、「faire」（做）、「lire」（閱讀）。

Grammaire　法語文法

3-1：介紹國名／地點的陰陽性（無性別／陽性／陰性）
　　地點的介系詞（à / au / en / aux）

3-2：冠詞與形容詞配合名詞變化的特性
　　beau / vieux / nouveau因緊接母音而變化的特性

3-3：所有格的陰陽性與單複數的特性

3-4：否定句型的結構（ne... pas / ne... ni / ne ni... ni）
　　否定句型的問句，回答若是肯定，必須以Si代替Oui

3-5：aimer + 名詞或原型動詞的用法
　　所有格代名詞的使用

3-6：jouer de（樂器）和jouer au（球類運動）的使用

3-1：Où habitez-vous? 您住哪裡？

HABITER 居住（第一類ER結尾規則動詞）

主詞		直陳現在式動詞變化	主詞		直陳現在式動詞變化
我	j'	habite	我們	nous‿	habitons
你	tu	habites	您／您們／你們	vous‿	habitez
他／她／我們	il / elle / on‿	habite	他們／她們	ils / elles‿	habitent

Comment on dit en français? 法語怎麼說

- Où habitez-vous?
  您住哪裡？
- J'habite à Paris.
  我住在巴黎。
- Nous‿habitons en France.
  我們住法國。
- Elle adore la France.
  她超喜歡法國。
- Qelle est ton‿adresse?
  你的住址是哪裡？
- Mon‿adresse est le 25, rue Notre-Dame, à Paris.
  我的地址是巴黎市聖母路25號。

 Vocabulaire 單字變一變

➢ Il adore la France.
他超喜歡法國。

城市／島嶼國名（無陰陽性）	陰性國名	陽性國名	複數型國名
Paris 巴黎	la Chine 中國	le Brésil 巴西	les‿Emirats arabes unis 阿拉伯聯合大公國
Londres 倫敦	l'Espagne 西班牙	le Vietnam 越南	les Pays-Bas 荷蘭
Tokyo 東京	la France 法國	le Canada 加拿大	les‿États-Unis 美國

➢ J'habite à Paris.
我住在巴黎。

à + 城市／島嶼國名	en + 陰性國名／以母音開頭的國名	au + 陽性國名	aux + 複數型國名
à Tokyo 在東京	en France 在法國	au Canada 在加拿大	aux‿États-Unis 在美國
à Singapour 在新加坡	en‿Italie 在義大利	au Mexique 在墨西哥	aux Pays-Bas 在荷蘭
à Taïwan 在臺灣	en Chine 在中國	au Japon 在日本	aux‿Émirats arabes unis 在阿拉伯聯合大公國

Conversation 聊天話匣子

Bonjour Anne, c'est mon‿amie canadienne, Claire.
妳好安娜，這是我加拿大的朋友，克萊兒。

Bonjour Claire, vous‿habitez à Paris aussi?
妳好克萊兒，您也住在巴黎嗎？

Non, j'habite au Canada.
不是的，我住在加拿大。

Je suis en France pour quelques jours seulement.
我只在法國停留幾天而已。

3-2：Qui est-ce?
那是誰？

CONNAÎTRE　認識（第三類不規則動詞）

MP3-22

主詞		直陳現在式動詞變化	主詞		直陳現在式動詞變化
我	je	connais	我們	nous	connaissons
你	tu	connais	您／您們／你們	vous	connaissez
他／她／我們	il / elle / on	connaît	他們／她們	ils / elles	connaissent

Comment on dit en français?　法語怎麼說

- Tu connais le garçon là-bas?
  你認識在那裡的那個男孩嗎？
- Connaissez-vous monsieur Dupont?
  您認識杜邦先生嗎？
- Qui est-ce?
  那是誰？
- C'est Théo, mon voisin.
  那是泰歐，我的鄰居。
- C'est un beau garçon.
  （那是）一個很帥的男孩子。
- C'est une belle fille.
  （那是）一個很漂亮的女孩子。

Vocabulaire 單字變一變

➢ C'est un beau garçon.
（那是）一個很帥的男孩子。

➢ C'est une belle fille.
（那是）一個很美的女孩子。

陽性詞組		陰性詞組
緊接子音開頭的名詞	緊接母音開頭的名詞	
un beau garçon 一個帥男孩	un bel‿homme 一個帥男子	une belle femme 一個美麗的女人
un vieux copain 一個老朋友（男性）	un vieil‿homme 一個年老的男人	une vieille femme 一個年老的女人
un nouveau voisin 一個新鄰居	un nouvel‿ami 一個新朋友	une nouvelle copine 一個新朋友（女性）

* beau（帥）是陽性形容詞，當緊接著以母音開頭的陽性名詞時，beau變成bel。
* vieux（年老）是陽性形容詞，當緊接著以母音開頭的陽性名詞時，vieux變成vieil。
* nouveau（新的）是陽性形容詞，當緊接著以母音開頭的陽性名詞時，nouveau變成nouvel。

Conversation 聊天話匣子

Tu connais la fille au pull rouge?
你認識那個穿紅毛衣的女孩子嗎？

Oui, c'est Mathide, la fille de monsieur Dupont.
認識，那是瑪帝達，杜邦先生的女兒。

Ah bon, je ne la connais pas.
是喔，我不認識她。

C'est normal, elle habite au Canada et elle ne vient pas souvent.
這很正常，她住在加拿大，而且她也不常來。

* 否定句型：ne + 動詞 + pas

3-3：Vous‿avez quel âge? 您幾歲？

AVOIR　有（第三類不規則動詞）

主詞		直陳現在式動詞變化	主詞		直陳現在式動詞變化
我	j'	ai	我們	nous‿	avons
你	tu	as	您／您們／你們	vous‿	avez
他／她／我們	il / elle / on‿	a	他們／她們	ils / elles‿	ont

Comment on dit en français?　法語怎麼說

➢ Quel âge avez-vous?
您幾歲？

➢ Votre mari a quel âge?
您先生幾歲？

➢ J'ai vingt-huit ans.
我二十八歲。

➢ Mon frère a cinq ans.
我弟弟五歲。

Vocabulaire 單字變一變

- Ton frère a quel âge?
  你兄弟幾歲？
- Ta sœur a quel âge?
  你姐妹幾歲？
- Ton amie a quel âge?（amie是母音開頭的陰性名詞）
  你的那位女性朋友幾歲？
- Tes parents ont quel âge?
  你父母幾歲？

<table>
<tr><th colspan="3">單數所有格</th><th colspan="2">複數所有格</th><th rowspan="3">中文意思</th></tr>
<tr><th rowspan="2">陽性</th><th colspan="2">陰性</th><th rowspan="2">陽性</th><th rowspan="2">陰性</th></tr>
<tr><th>接子音開頭的名詞</th><th>接母音開頭的名詞</th></tr>
<tr><td>mon</td><td>ma</td><td>mon</td><td colspan="2">mes</td><td>我的</td></tr>
<tr><td>ton</td><td>ta</td><td>ton</td><td colspan="2">tes</td><td>你的</td></tr>
<tr><td>son</td><td>sa</td><td>son</td><td colspan="2">ses</td><td>他的</td></tr>
<tr><td>notre</td><td>notre</td><td>notre</td><td colspan="2">nos</td><td>我們的</td></tr>
<tr><td>votre</td><td>votre</td><td>votre</td><td colspan="2">vos</td><td>您的／你們的／您們的</td></tr>
<tr><td>leur</td><td>leur</td><td>leur</td><td colspan="2">leurs</td><td>他們的／她們的</td></tr>
</table>

Conversation 聊天話匣子

La fille sur cette photo, c'est mon‿amie française.
在這張照片上的女孩子，是我的法國朋友。

Oh! Elle est très jeune.
喔！她很年輕耶。

Oui, elle a seulement dix-huit ans.
是的，她只有十八歲而已。

3-4：Est-ce que vous‿avez des frères et sœurs?　您有兄弟姐妹嗎？

AVOIR　有（第三類不規則動詞）

MP3-24

主詞		直陳現在式動詞變化	主詞		直陳現在式動詞變化
我	j'	ai	我們	nous‿	avons
你	tu	as	您／您們／你們	vous‿	avez
他／她／我們	il / elle / on‿	a	他們／她們	ils / elles‿	ont

Comment on dit en français?　法語怎麼說

- Avez-vous des frères et sœurs?
  您有沒有兄弟姐妹？
- Est-ce que vous‿avez des frères et sœurs?
  您有兄弟姐妹嗎？
- Oui, j'ai un petit frère.
  有的，我有一個弟弟。
- Non, je n'ai pas de frères et sœurs.
  沒有，我沒有兄弟姐妹。
- Je n'ai qu'un garçon.（ne... que只有）
  我只有一個小男孩（兒子）。
- Elle ne parle que de sa fille.
  她滿嘴說的都是她的女兒。

 Vocabulaire 單字變一變

➢ Je n'ai pas de frères et sœurs.
我沒有兄弟姐妹。

= Je n'ai pas de frères ni de sœurs.
= Je n'ai ni frères ni sœurs.

 Conversation 聊天話匣子

Vous n'avez pas de frères et sœurs?
您沒有兄弟姐妹嗎？

Si, J'ai une grande sœur, mais elle habite en Chine.
有的，我有一個姐姐，但是她住在中國。

C'est bien.
真好。

Moi, Je n'ai ni frères ni sœurs, je suis fille unique.
我啊，我沒有兄弟姐妹，我是獨生女。

＊ 如果問句本身是否定形式的問句，當回答是肯定形式的回答，必須回答Si，不說Oui。

3-5：Qu'est-ce que vous‿aimez? 您喜歡什麼？

AIMER 喜歡／愛（第一類ER結尾規則動詞）

主詞		直陳現在式動詞變化	主詞		直陳現在式動詞變化
我	j'	aime	我們	nous‿	aimons
你	tu	aimes	您／您們／你們	vous‿	aimez
他／她／我們	il / elle / on‿	aime	他們／她們	ils / elles‿	aiment

Comment on dit en français? 法語怎麼說

- Qu'est-ce que vous‿aimez?
  您喜歡什麼？
- Qu'est-ce que tu n'aimes pas?
  你不喜歡什麼？
- Ma femme n'aime pas les chats.
  我太太不喜歡貓。
- La mienne non plus n'aime pas les chats.
  我的（太太）也不喜歡。
- J'aime la lecture et la danse.
  我喜歡閱讀和舞蹈。
- J'aime lire et danser.
  我喜歡閱讀和跳舞。

Vocabulaire　單字變一變

➢ 1）J'aime la lecture.
我喜歡閱讀。

名詞	中文意思
le sport	運動
le cinéma	電影
le théâtre	戲劇
le ski	滑雪
la natation	游泳
la musique	音樂
la photo	攝影
la randonnée	登山健行

原形動詞	中文意思
faire du sport	做運動
lire	閱讀
danser	跳舞
voyager	旅行
faire des photos	拍照
nager	游泳
parler	說話
faire les magasins	逛街

＊ Aimer + 名詞或是原形動詞，表達喜好的事物。

➢ 2）Mon mari n'aime pas les chats.
我先生不喜歡貓。

Le mien non plus n'aime pas les chats.
我的（先生）也不喜歡。

Ma femme n'aime pas les chats.
我太太不喜歡貓。

La mienne non plus n'aime pas les chats.
我的（太太）也不喜歡。

Mes parents n'aiment pas les chats.
我爸媽不喜歡貓。

Les miens non plus n'aiment pas les chats.
我的（父母）也不喜歡。

Mes filles n'aiment pas les chats.
我女兒們不喜歡貓。

Les miennes non plus n'aiment pas les chats.
我的（女兒們）也不喜歡。

單數所有格代名詞		複數所有格代名詞		中文意思
陽性	陰性	陽性	陰性	
le mien	la mienne	les miens	les miennes	我的
le tien	la tienne	les tiens	les tiennes	你的
le sien	la sienne	les siens	les siennes	他的
le nôtre	la nôtre	les nôtres		我們的
le vôtre	la vôtre	les vôtres		你們的／您的／您們的
le leur	la leur	les leurs		他們的／她們的

Conversation 聊天話匣子

Thomas, tu aimes nager?
托瑪你喜歡游泳嗎？

Non, je n'aime pas nager, mais j'aime bien la plage.
不喜歡，我不喜歡游泳，但是我喜歡海灘。

Ah bon? Qu'est-ce que tu fais à la plage?
是喔？你在海灘上做什麼？

Je joue avec le sable.
我玩沙。

3-6：Tu sais nager?
您會游泳嗎？

SAVOIR 知道／會（第三類不規則動詞）

主詞		直陳現在式動詞變化	主詞		直陳現在式動詞變化
我	je	sais	我們	nous	savons
你	tu	sais	您／您們／你們	vous	savez
他／她／我們	il / elle / on	sait	他們／她們	ils / elles	savent

Comment on dit en français? 法語怎麼說

➢ Est-ce qu'il sait jouer de la guitare?
他會彈吉他嗎？

➢ Tu sais nager?
你會不會游泳？

➢ Nous savons faire la mousse au chocolat.
我們會做巧克力慕斯。

➢ Elle ne sait pas cuisiner.
她不會煮菜。

➢ Je ne sais pas.
我不知道。

 Vocabulaire 單字變一變

➢ Il sait jouer de la guitare.
他會彈吉他。

jouer de + 樂器	jouer au + 球類運動
jouer du piano 彈鋼琴	jouer au foot 踢足球
jouer du violon 拉小提琴	jouer au tennis 打網球
jouer de la flûte 吹笛子	jouer au basket 打籃球
jouer de la trompette 吹小喇叭	jouer au rugby 玩歐式橄欖球

＊ jouer du piano與jouer du violon中的du由de + le結合而來。

 Conversation 聊天話匣子

C'est l'anniversaire de Claire la semaine prochaine.
下星期就是克萊兒的生日了。

Qu'est-ce qu'elle aime?
她喜歡什麼？

Elle aime chanter.
她很喜歡唱歌。

Très bien, on va l'inviter au KTV pour son‿anniversaire.
很好，我們邀請她去唱KTV當她的生日禮物。

Récapitulons　學習總複習

Production orale　聊聊法語

MP3-27

Ma famille　我的家人

- Bonjour,
  您好
- Je m'appelle Agnès, j'ai dix-sept ans.
  我叫阿涅斯，我十七歲。
- Nous sommes une famille de cinq personnes.
  我們家有五個人。
- Mon père, il a cinquante ans, il travaille dans le commerce.
  我父親，他五十歲，他從商。
- Ma mère a quarante-cinq ans, elle est caissière dans‿un supermarché.
  我媽媽，她四十五歲，她是超市的收銀員。
- Ma grande sœur s'appelle Alice, elle est étudiante en littérature, elle a vingt ans, elle aime la lecture et la musique.
  我的姐姐，名叫愛麗絲，她是文學系的學生，她二十歲，她喜歡閱讀和音樂。
- Mon petit frère s'appelle Antoine, il est lycéen, il aime jouer au foot.
  我的弟弟，名叫沃東，他是高中生，他喜歡踢足球。
- On aime tous le cinéma, tous les week-ends, on va au cinéma.
  我們全家都愛看電影，每個週末，我們都會去電影院。

Exercices écrits　隨手寫寫

1）Vous __________ où?
您住哪裡？

2）Je __________ connais __________ cette fille.
我不認識這個女孩子。

3）Il __________ jouer du piano.
他會彈鋼琴。

4）Nous __________ des amis étrangers.
我們有一些外國朋友。

5）Est-ce qu'elle sait __________ de la guitare?
她會彈吉他嗎？

6）Qu'est-ce que ta mère __________?
你媽媽喜歡什麼？

7）__________ écouter de la musique.
我喜歡聽音樂。

8）Mes grands-parents habitent __________ France.
我的爺爺奶奶住在法國。

9）Mon cousin adore __________ États-Unis.
我的表哥超喜歡美國。

10）__________ amie japonaise aime la danse.
他的日本朋友喜歡舞蹈。

Compréhension orale 仔細聽聽

MP3-28

1） Il __________ le sport.
aimez / aimons / aime

2） __________ tu aimes la musique?
Qu'est-ce que / Est-ce que / Que

3） Je ne __________ pas Monsieur Dupont.
connais / connaissez / connaissent

4） __________- vous des frères et sœurs?
Avez / Ai / As

5） On __________ le foot.
n'aime pas / aime / aimons

6） __________ ne sait pas.
Elle / Il / On

7） Je __________ de frères.
n'ai pas / n'ai ni / n'ai

8） Ton amie __________ quel âge?
avez / a / avons

9） Il a __________ ans.
vingt-huit / vingt-six / dix

10） __________- vous nager?
Savez / Avez / Ai

AVOIR LE MELON
有顆哈蜜瓜頭

意指

罹患大頭症，自以為是。

由來

來自於「avoir la grosse tête」（有顆巨大的頭 ＝ 大頭症）這個表達語。又因為哈蜜瓜通常不大，但是最大可以長到五公斤之重，於是民間漸漸地將原先的大頭以哈蜜瓜取代，用來形容罹患了大頭症很自以為是的行為。

例句

➢ Depuis sa promotion au travail, il a le melon.
自從工作升遷後，他開始有了大頭症。

Unité 4

Combien ça coûte?

這個多少錢？

 Savoir-faire　學習重點

在這單元中除了繼續學習直陳現在式的動詞變化之外，在4-4中也會看到vouloir（想要）的條件現在式。在生活中基於禮貌，常常需用到這一個動詞時態，尤其是當我們要求別人實現我們想做的事情時最常用到，例如：到餐廳點菜或購物。

各章節主要動詞如下：

4-1：VOULOIR　想要（直陳現在式）
4-2：OFFRIR　贈送
4-3：DEVOIR　應該
4-4：VOULOIR　想要（條件現在式）－禮貌委婉地要求
4-5：PRENDRE　點／吃／拿／搭乘、BOIRE　喝
4-6：COÛTER　價值

除了以上這幾個主要動詞之外，依據情境加入了幾個常用動詞，當遇到生活中「邀請某人參加聚會」、「市場或是商店購物」、「送禮」、「點餐」、「表達喜好」、「詢問價格」的情況時，都能夠適當地表達。

第一類動詞（ER結尾規則變化）：「inviter」（邀請）、「appeler」（打電話）、「donner」（給）、「écouter」（聽）、「regarder」（看）、「acheter」（買）、「téléphoner」（打電話）、「désirer」（想要）。

第三類動詞（不規則變化）：「répondre」（回答）、「écrire」（寫）、「plaire」（討喜）、「faire」（做）。

 Grammaire　法語文法

4-1：直接受詞代名詞COD（me / te / le / la / nous / vous / les）
4-2：間接受詞代名詞COI（me / te / lui / nous / vous / leur）
4-3：il faut句型
部分冠詞du / de la / de l' / des
4-4：代名詞En
4-5：comme的用法
4-6：指示形容詞（ce / cet / cette / ces）、指示代名詞（celui / celle / ceux / celles）、非人稱代名詞（ça）

4-1：Invitation à un‿anniversaire.
生日派對的邀請。

VOULOIR 想要（第三類不規則動詞）

MP3-29

主詞		直陳現在式動詞變化	主詞		直陳現在式動詞變化
我	je	veux	我們	nous	voulons
你	tu	veux	您／您們／你們	vous	voulez
他／她／我們	il / elle / on	veut	他們／她們	ils / elles	veulent

Comment on dit en français? 法語怎麼說

- Qui est-ce que tu veux inviter à ton‿anniversaire?
  你生日想要邀請誰？
- Claire m'invite à la fête.
  克萊兒邀請我去派對。
- Nous voulons les‿inviter à dîner.
  我們想要邀請他們吃晚餐。
- Je veux l'appeler pour annoncer cette bonne nouvelle.
  我想要打電話給他告訴他這個好消息。
- Joyeux‿anniversaire!
  生日快樂！

Vocabulaire　單字變一變

➢ On‿invite Carole et Jean?
我們要不要邀請卡蘿和尚？

➢ Oui, on les‿invite.
好啊，我們邀請他們。

＊ les是法語文法中直接受詞（COD - Complément d'Objet Direct）中的第三人稱複數代名詞。代名詞用來代替之前講過的人事物。因為動詞本身的特性可以直接接陳述的人事物，不需要任何的介系詞輔助，因此直接尾隨動詞後的人事物稱為直接受詞。

＊ 直接受詞的代名詞置於該動詞之前。

法文中的直接受詞代名詞（Pronoms COD）分類如下：

COD	中文意思／性質	例句
me / m'	我（陰陽性同型）	Il me connaît.　他認識我。 Il m'écoute.　他聽我說。
te / t'	你（陰陽性同型）	Il te connaît.　他認識你。 Il t'écoute.　他聽你說。
le / l'	他／它（陽性，可代替人事物）	Je le regarde.　我看著他。 Je l'aime.　我愛他。
la / l'	她／它（陰性，可代替人事物）	Je la regarde.　我看著她。 Je l'aime.　我愛她。
nous	我們（陰陽性同型）	Tu nous regardes.　你看著我們。 Tu nous‿écoutes.　你聽我們說。
vous	你們／您／您們（陰陽性同型）	Je vous connais.　我認識你們。 Je vous‿écoute.　我聽你們說。
les	他們／她們／它們 （陰陽性同型，可代替人事物）	Nous les connaissons.　您認識他們。 Nous les‿adorons.　我們超喜歡他們。

＊ 直接受詞代名詞（me / te / le / la），若緊接著一個以母音開頭的動詞，原本受詞中的e和a會被省略，變成m' / t' / l'，並且和尾隨的動詞結合。

＊ 「écouter」（聽）、「aimer」（愛／喜歡）、「adorer」（超級喜歡）、「regarder」（看），都是第一類ER結尾規則變化的動詞。

Conversation 聊天話匣子

Tu as quelque chose de prévu pour ce soir?
你今晚有計畫嗎？

Non, rien de prévu.
沒有，沒計畫耶。

Tu veux venir avec nous à la fête?
你想不想跟我們一起去派對？

Je veux bien, merci.
好啊，謝謝。

4-2：Qu'est-ce qu'on lui offre? 我們買什麼東西送他？

OFFRIR　贈送（第三類不規則動詞）

主詞		直陳現在式動詞變化	主詞		直陳現在式動詞變化
我	j'	offre	我們	nous‿	offrons
你	tu	offres	您／您們／你們	vous‿	offrez
他／她／我們	il / elle / on‿	offre	他們／她們	ils / elles‿	offrent

Comment on dit en français?　法語怎麼說

- Qu'est-ce qu'on‿offre à Claire pour son‿anniversaire?
  克萊兒的生日我們要送什麼呢？
- On lui offre un voyage au Mont Saint-Michel?
  我們送她／他一趟聖米歇爾山之旅？
- Sa maman lui donne un jean comme cadeau.
  他／她媽媽給他／她一件牛仔褲當禮物。
- Notre idée lui plaît beaucoup.
  我們的點子他／她很喜歡。
- Tu as des‿idées?
  你有沒有點子？

Vocabulaire 單字變一變

➢ On‿offre un CD à Claire?
我們送克萊兒一張CD？

➢ Très bonne idée, on lui offre un CD.
好主意，我們送她一張CD。

＊ lui是法語文法中間接受詞（COI - Complément d'Objet Indirect）中的第三人稱單數代名詞。代名詞是用來代替之前講過的人事物。但是因為動詞本身的特性**不可以**直接接陳述的人事物，必須有介系詞的輔助（如：à）才能接動詞，因此在介系詞後的人事物，被稱為間接受詞。

＊ 間接受詞的代名詞置於該動詞之前。

法語中的間接受詞代名詞（Pronoms COI）分類如下：

COI	中文意思／性質	例句
me / m'	我（陰陽性同型）	Il me téléphone. 他打電話給我。 Il m'envoie une lettre. 他寄一封信給我。
te / t'	你（陰陽性同型）	Je te donne mon livre. 我給你我的書。 Je t'offre. 我請你。（請客）
lui	他／她（陰陽性同型）	Nous lui répondons. 我們回答他／她。 Nous lui écrivons. 我們寫信給他／她。
nous	我們（陰陽性同型）	Tu nous téléphones. 你打電話給我們。 Tu nous‿écris. 你寫信給我們。
vous	你們／您／您們 （陰陽性同型）	Je vous parle. 我在跟你們說話。 Je vous‿envoie un colis. 我寄給你們一個包裹。
leur	他們／她們 （陰陽性同型）	Tu leur réponds. 你回答他們／她們。 Tu leur offres un cadeau? 你送他們／她們一份禮物？

＊ 直接受詞代名詞（me / te）若緊接著一個以母音開頭的動詞，原本受詞中的e會被省略，變成m' / t'，並且和尾隨的動詞結合。

＊「offrir à」（送東西給某人）、「répondre à」（回應某人）、「écrire à」（寫信給某人）、「plaire à」（討某人喜歡），屬於第三類不規則動詞。

＊「téléphoner à」（打電話給某人）、「parler à」（跟某人說話）、「donner à」（給某人東西）、「envoyer à」（寄給某人），屬於第一類ER結尾的規則動詞。

 Conversation　聊天話匣子

Nous sommes invités à la fête de Vincent.
我們被邀請參加范森的派對。

Qu'est-ce qu'on lui apporte?
我們要帶什麼東西給他？

Une bouteille de vin?
一瓶酒？

Très bonne idée!
很棒的點子！

4-3：Qu'est-ce qu'il faut pour faire des crêpes? 做可麗餅需要什麼東西？

DEVOIR 應該（第三類不規則動詞）

主詞		直陳現在式動詞變化	主詞		直陳現在式動詞變化
我	je	dois	我們	nous	devons
你	tu	dois	您／您們／你們	vous	devez
他／她／我們	il / elle / on	doit	他們／她們	ils / elles	doivent

Comment on dit en français? 法語怎麼說

- Qu'est-ce que je dois préparer pour faire des crêpes?
  我應該準備什麼來做可麗餅？
- Qu'est-ce qu'il faut acheter pour faire des crêpes?
  做可麗餅需要買什麼？
- Vous devez acheter des‿œufs, du beurre, de la farine et du lait.
  您應該買一些蛋、一些奶油、一些麵粉和一些牛奶。
- Il faut des légumes pour faire la soupe.
  需要一些蔬菜煮湯。
- Je veux manger du poisson et de la salade.
  我想吃一點魚和一些沙拉。

＊「Il faut」的主詞「il」是「非人稱主詞」（不是用來指人的主詞，也就是這個「il」不是指「他」；而是用來指事或物的主詞，這個「il」類似英文中的「it」）。

 Vocabulaire 單字變一變

➢ Il faut du beurre, de la farine, de l'eau et des‿œufs.
需要一些奶油、一些麵粉、一點水和一些蛋。

du + 陽性名詞	de la + 陰性名詞	de l' + 母音開頭的名詞	des + 複數名詞
du pain 一些麵包	de la salade 一些沙拉	de l'eau 一些水	des légumes 一些蔬菜
du lait 一些牛奶	de la viande 一些肉類	de l'huile 一些油	des‿œufs 一些蛋
du sucre 一些糖	de la confiture 一些果醬	de l'ananas 一些鳳梨	des pâtes 一些麵條
du sel 一些鹽	de la semoule 一些古斯米	de l'ail 一些大蒜	des céréales 一些五穀雜糧
du vin 一些酒	de la bière 一些啤酒	de l'énergie 一些能量	des haricots 一些豆子
du courage 一些勇氣	de la patience 一些耐心	de l'argent 一些錢	des champignons 一些香菇

＊ du / de la / de l' / des 稱為部分冠詞（articles partitifs），用在不可數或是沒有確切數量的東西，類似中文裡的「一些」。

Conversation 聊天話匣子

Tu veux faire un gâteau au chocolat, qu'est-ce qu'il faut acheter?

你想要做一個巧克力蛋糕，需要買什麼？

Attends, je regarde.

等等，我看看。

J'ai du chocolat, de la farine, des‿œufs et du beurre, mais je n'ai pas de sucre et de lait.

我有巧克力、一些麵粉、一些蛋和一些奶油，但是我沒有糖也沒有牛奶了。

D'accord, il faut acheter du sucre et du lait alors.

是喔，這樣的話就需要買一些糖和牛奶囉。

Oui, c'est ça. Merci.

是的，沒錯。謝謝。

4-4：Je voudrais un kilo de tomates.
我想要一公斤的番茄。

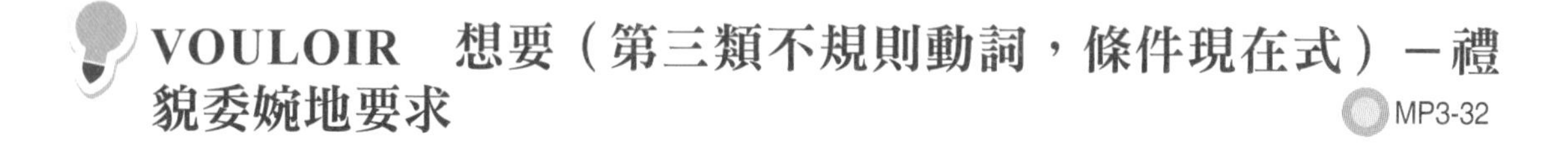

VOULOIR　想要（第三類不規則動詞，條件現在式）－禮貌委婉地要求

MP3-32

主詞		條件現在式動詞變化	主詞		條件現在式動詞變化
我	je	voudrais	我們	nous	voudrions
你	tu	voudrais	您／您們／你們	vous	voudriez
他／她／我們	il / elle / on	voudrait	他們／她們	ils / elles	voudraient

Comment on dit en français?　法語怎麼說

➢ Je voudrais de la salade niçoise pour quatre personnes, s'il vous plaît.
我想要一份四人份的尼斯沙拉，麻煩您。

➢ Je voudrais six oranges et un kilo de tomates, s'il vous plaît.
我想要六顆橘子和一公斤的番茄，麻煩您。

➢ Combien de pommes voulez-vous?
您想要多少的蘋果？

➢ Vous‿en voulez combien?
您想要多少呢？

➢ J'en veux deux, s'il vous plaît.
我要二個，麻煩您。

Vocabulaire 單字變一變

➢ 1）Je voudrais un kilo de tomates.
我想要一公斤的番茄。

陽性單位	陰性單位
cent grammes de sucre 一百公克的糖	une cuillère de miel 一湯匙蜂蜜
deux litres de lait 二公升的牛奶	deux bouteilles de vin 二瓶酒
un morceau de fromage 一塊乳酪	une tranche de jambon 一片火腿
un pot de yaourt 一杯優格	une canette de coca 一罐可樂
un bouquet de fleurs 一束花	une pincée de sel 一小撮鹽巴
un paquet de café 一包咖啡	une boîte de chocolat 一盒巧克力

➢ 2）Combien de pommes voulez-vous?
您要多少的蘋果？

J'en veux un kilo.
我要一公斤。

＊ En是法語的其中一個代名詞，用來取代以「de + 名詞」的結構，位置置於動詞之前，但是形容頻率或是數量的補語則是放在動詞後面。

例句：

2-1）Tu veux du café?
你要喝咖啡嗎？

Oui, j'en veux (bien).
好的，我要。

Non, je n'en veux pas.
不用，我不要。

2-2）Il mange de la salade?
他吃沙拉嗎？

Oui, il‿en mange (beaucoup).
是的，他吃（很多）。

Non, il n'en mange pas.
不，他不吃。

2-3）Vous‿avez des‿enfants?
您有小孩嗎？

Oui, j'en‿ai (un).
有，我有（一個）。

Non, je n'en‿ai pas.
沒有，我沒有

2-4）Tu parles de ton travail?
你會談及你的工作嗎？

Oui, j'en parle (souvent).
會，我（常常）會談到。

Non, je n'en parle jamais.
不會，我（從不）談。

 Conversation 聊天話匣子

Madame, vous désirez?
女士，您需要什麼？

Je voudrais des pommes.
我想要買蘋果。

Vous‿en voulez combien?
您想要多少？

J'en veux deux kilos, s'il vous plaît.
我要兩公斤，麻煩您。

Ça sera tout?
這樣就好了嗎？

Oui, merci.
是的，謝謝。

4-5：Qu'est-ce que vous prenez? 您想要什麼？

PRENDRE　點／吃／拿（第三類不規則動詞）

MP3-33

主詞		直陳現在式動詞變化	主詞		直陳現在式動詞變化
我	je	prends	我們	nous	prenons
你	tu	prends	您／您們／你們	vous	prenez
他／她／我們	il / elle / on	prend	他們／她們	ils / elles	prennent

BOIRE　喝（第三類不規則動詞）

主詞		直陳現在式動詞變化	主詞		直陳現在式動詞變化
我	je	bois	我們	nous	buvons
你	tu	bois	您／您們／你們	vous	buvez
他／她／我們	il / elle / on	boit	他們／她們	ils / elles	boivent

Comment on dit en français?　法語怎麼說

- Qu'est-ce que vous prenez?
  您們想要點什麼？
- Qu'est-ce que vous voulez comme boisson?
  您想要點什麼飲料？
- Je prends un sandwich jambon-beurre.
  我點一個火腿奶油三明治。

➢ Tu bois du vin?
你喝酒嗎？

➢ Je voudrais une bière française.
我想要一杯法國啤酒。

➢ Ça fait combien?
總共多少錢？

Vocabulaire 單字變一變

➢ Qu'est-ce que vous voulez comme boisson?
您想要點什麼飲料？

類別	中文意思
apéritif	餐前酒
entrée	前菜
plat principal	主菜
dessert	甜點
digestif	餐後酒
boisson	飲料

Conversation　聊天話匣子

Bonjour Monsieur. Qu'est-ce que vous prenez?
先生您好，您要點什麼？

Je voudrais un pain au chocolat et un croissant, s'il vous plaît.
我要一個巧克力麵包和一個可頌麵包，麻煩您。

Voilà, Monsieur, ça sera tout?
好了，先生，就這樣嗎？

Oui, merci. Ça fait combien?
是的，謝謝。這樣總共多少錢？

Ça fait quatre euros trente, s'il vous plaît.
總共四歐元三十分，麻煩您。

4-6：Combien ça coûte?
這個多少錢？

COÛTER 價值（第一類ER結尾規則動詞）

MP3-34

主詞		直陳現在式動詞變化	主詞		直陳現在式動詞變化
我	je	coûte	我們	nous	coûtons
你	tu	coûtes	您／您們／你們	vous	coûtez
他／她／我們	il / elle / on	coûte	他們／她們	ils / elles	coûtent

＊ coûter這個動詞，只用在物品上，所以只會使用第三人稱（單數和複數）。

Comment on dit en français? 法語怎麼說

➢ Combien ça coûte?
這個多少錢？

➢ Cette veste, elle coûte combien?
這件外套，它值多少錢？

➢ Celle-ci coûte quatre-vingts‿euros.
這件八十歐元。

➢ Ce pantalon, il est à quel prix?
這件褲子，怎麼賣？

➢ Ces chaussures, elles sont jolies.
這雙鞋子很漂亮。

➢ Ça coûte cinquante-neuf euros.
這個買五十九歐元。

 Vocabulaire 單字變一變

指示詞（形容詞與代名詞）	例句
ce + 陽性單數名詞 = celui-ci（離自己近） = celui-là（離自己近遠）	➢ Ce pantalon coûte combien? 這件褲子多少錢？（pantalon陽性名詞，單數） ➢ Celui-ci coûte combien? 這件多少錢？（手指著／拿著離自己近的那條褲子） ➢ Ça coûte combien? 這個多少錢？（手指著／拿著褲子）
cet + 陽性單數 （母音開頭名詞） = celui-ci（離自己近） = celui-là（離自己遠）	➢ Cet‿objet coûte combien? 這個物品多少錢？（objet陽性名詞，單數） ➢ Celui-là coûte combien? 那個多少錢？（手指著／拿著離自己遠的那個物品） ➢ Ça coûte combien? 這個多少錢？（手指著／拿著物品）
cette + 陰性單數名詞 = celle-ci = celle-là	➢ Cette robe coûte combien? 這件洋裝多少錢？（robe 陰性名詞，單數） ➢ Celle-ci coûte combien? 這件多少錢？（手指著／拿著離自己近的那件洋裝） ➢ Ça coûte combien? 這個多少錢？（手指著／拿著洋裝）
ces + 陽性複數名詞 = ceux-ci = ceux-là	➢ Ces citrons coûtent combien? 這些檸檬多少錢？（citrons陽性名詞，複數） ➢ Ceux-ci coûtent combien? 這些多少錢？（手指著／拿著離自己近的那堆檸檬） ➢ Ça coûte combien? 這些多少錢？（手指著／拿著那些檸檬）

指示詞（形容詞與代名詞）	例句
ces + 陰性複數名詞 =celles-ci = celles-là	➢ Ces chaussures coûtent combien? 這雙鞋子多少錢？（chaussures陰性名詞，複數） ➢ Celles-ci coûtent combien? 這雙多少錢？（手指著／拿著離自己近的那雙鞋子） ➢ Ça coûte combien? 這雙多少錢？（手指著／拿著那雙鞋子）

* ce / cet / cette / ces稱為指示形容詞，相當於中文「這個的、這些的」。用來指定某件人事物。如何選擇，則是依據指定的人事物的陰陽性決定（如上表）。
* celui / celle / ceux / celles稱為指示代名詞，相當於中文「這個、這些」。用來指定某件人事物。如何選擇則是依據指定的人事物的陰陽性決定（如上表）。至於如果選用連接的-ci或-là，則是視陳述者的遠近距離而言，-ic用來指定近的事物，-là用來指定遠的事物。
* Ça口語中的中性（沒有性別）的**非人稱**代名詞，相當於中文「這個、這些」可以用來代替單數或複數的陽性或陰性名詞，動詞變化只能採用第三人稱單數的動詞變化。

Conversation 聊天話匣子

Comment est-ce que tu trouves cette robe?
你覺得這件洋裝怎麼樣？

Elle est très jolie!
很漂亮呀！

Combien ça coûte?
多少錢？

Euh...deux cents cinquante-neuf euros.
呃……二百五十九歐元。

Oh la la, c’est trop cher pour moi!
天啦，對我來說太貴了！

Récapitulons 學習總複習

Production orale 聊聊法語

MP3-35

Au marché！ 到市場去！

- Tous les samedis matins, je fais les courses au marché près de chez moi.
  每個星期六早上，我在我家附近的市場買菜。
- Je prends des légumes, des fruits, de la viande et du fromage.
  我買一些蔬菜、一些水果、一些肉類和一些乳酪。
- Les marchands sont très chaleureux.
  市場的賣販都很熱情。
- Des fois, je leur demande des conseils pour la cuisine.
  有時候，我會問他們一些做菜的建議。
- Ils me répondent avec sympathie.
  他們會熱心地回答我。
- J’aime bien ce marché, il n’est pas très grand, mais l’ambiance est géniale.
  我很喜歡這個市場，它不是很大，但是氣氛很好。
- Surtout, les produits du marché, ça ne coûte pas cher!
  尤其是，市場裡的產品，賣得不貴！

Exercices écrits 隨手寫寫

1） Qu’est-ce que tu ________?
你想要什麼？

2） ________ chemise, elle coûte cher.
這件襯衫很貴。

3） Je ________ téléphone.
我打電話給他們。

4） Vous ________ du vin?
您喝酒嗎？

5） Tu ________ donnes ton numéro de téléphone.
你給他你的電話號碼。

6） Bonjour, je ________ une baguette, s’il vous plaît.
您好，我想要一根長棍麵包，麻煩您。

7） Vous avez des enfants?
您有小孩嗎？

Oui, j‘ ________ ai deux.
有，我有兩個。

8） On ________ appelle?
我們打電話給他？

9） Tu ________ connais bien?
你跟他們很熟嗎？

10） Il faut un litre ________ lait, six œufs et ________ sucre pour faire les œufs au lait.
做法式牛奶布丁需要一公升的牛奶，六顆蛋還有一些糖。

Compréhension orale 仔細聽聽

MP3-36

1） Qu'est-ce qu'on __________ offre?
lui / leur / le / la

2） Comment est-ce que tu __________ cette robe?
trou / trouves / doux / veux

3） __________ ça coûte?
Comment / Quand / Combien / Qu'est-ce que

4） Vous __________ voulez combien?
en / an / son / vont

5） Il faut __________ sel.
des / de / du / de l'

6） J'aime __________ pantalon.
ce / cette / ces / cet

7） Ils __________ des pâtes pour déjeuner.
voudrais / veux / veulent / voulez

8） Tu __________?
l'invites / m'invites / nous invites / les invites

9） Qu'est-ce que vous __________?
buvez / buvons / boivent / bois

10） Je __________ des légumes au marché.
mange / prends / prennent / vont

Vouvoyer ou Tutoyer ?
「您」還是「你」？

vouvoyer是指：以您相稱，是一個動詞。

tutoyer是指：以你相稱，是一個動詞。

在法國社會中，人們長久以來都以「您」（vous）相稱，而「你」（tu）只限家人之間使用。直到法國大革命後，以「你」相稱（tutoyer）的情形才日漸普遍。

從「您」到「你」的關係演進，如同中文以「您」互稱表示對話者雙方保持著適當距離的尊敬，但是當vous轉變成以tu相稱時，則隱含著對話者間的關係拉近。如果想請問對方是否能以「tu」相稱，只要說：

➢ On pourrait se tutoyer maintenant, ce serait plus simple?
[ɔ̃ puʀɛ sə tytwaje mɛ̃tnɑ̃, sə səʀɛ ply sɑ̃pl]
我們現在可以以你相稱嗎，這樣比較輕鬆自然？

或是

➢ Ça vous dérangerait si on se tutoyait?
[sa vu deʀɑ̃ʒʀɛ si ɔ̃ sə tytwajɛ]
如果我們以你相稱對你會造成困擾嗎？

另外在日常生活中，有些情況是不需要事先徵求對方的意見，法國人就會很自然地以「你」相稱，例如：

・孩童稱呼大人時。因為年紀小還沒有辦法分辨人際氛圍，所以很自然地會以「你」相稱。一般而言，到了七～八歲時才開始注意「你」和「您」之間的差別。
・孩童之間和青少年之間，也會以「你」互稱（不論性別）。
・家人之間。一般而言，當今的家庭即便是孩子稱呼父母，也是以「你」相稱。
・同儕之間。通常同一組織的成員們（同事、俱樂部成員或團員）會以「你」相稱以減少距離感。
・朋友之間。以友相見當然就不用那麼拘謹！

雖然今日，年輕的法國人以「你」相稱的情況愈來愈普遍，但是在以下三種情形下，最好保持著以「您」相稱的禮貌：
・第一次見面時。
・與長官交談時。
・與年長者交談時。

法國因幅員廣大，各地區的風俗民情也不同，南法人在第一次見面就用「你」的可能性相較比北法人多。但是出門在外為了避免得罪人，建議不管到哪裡還是保持禮貌，以「您」相稱。

Unité 5

Comment va-t-il à l'école?

他怎麼去學校？

 Savoir-faire　學習重點

此單元著重尋找地點，描述居住環境，以及交通工具的表達。進而帶入方向位置、室內空間、以及生活中常用語，讓您能清楚地描述周遭環境，並且在必要時以正確的法語尋求幫忙。

各章節的主要動詞如下：

5-1：CHERCHER　尋找
5-2：ALLER　去、PRENDRE　搭乘
5-3：VENIR　來
5-4：VIVRE　生活
5-5：VOIR　看見
5-6：SORTIR　出門、PARTIR　離開／前往

配合使用的第一類ER結尾的規則動詞有：「tourner」（轉彎）、「dîner」（晚餐）、「participer」（參與）、「amener」（帶來）、「continuer」（繼續）、「se trouver」（處於）、「se retrouver」（集合碰面）。

第三類不規則動詞含：「attendre」（等待）、「dire」（說）、「suffire」（足夠）。

 Grammaire　法語文法

5-1：方向位置的表示法
5-2：搭乘交通工具的表示法：en + 交通工具／ le + 交通工具
　　Y地點代名詞用法
5-3：介系詞chez的用法
　　居住樓層的表示
5-4：Il y a + 名詞的用法（有……）
5-5：反身動詞的用法（動作做在主詞彼此互相間的動詞）－verbes pronominaux réciproques
5-6：頻率副詞

5-1：Je cherche le musée du Louvre, s'il vous plaît? 請問羅浮宮怎麼走？

CHERCHER 尋找（第一類ER結尾規則動詞）

MP3-37

主詞		直陳現在式動詞變化	主詞		直陳現在式動詞變化
我	je	cherche	我們	nous	cherchons
你	tu	cherches	您／您們／你們	vous	cherchez
他／她／我們	il / elle / on	cherche	他們／她們	ils / elles	cherchent

Comment on dit en français? 法語怎麼說

- Excusez-moi, pour le musée du Louvre, s'il vous plaît.
  對不起，去羅浮宮怎麼走，麻煩您。
- Je voudrais aller au jardin des Tuileries, s'il vous plaît.
  我想要去杜樂莉花園，麻煩您。
- Excusez-moi, je cherche la rue de Rivoli, s'il vous plaît.
  不好意思，我在找利佛里街，麻煩您。
- Excusez-moi, Notre-Dame de Paris, c'est par où?
  不好意思，巴黎聖母院往哪邊走？
- C'est près.
  很近。
- C'est la première rue à gauche.
  就是左邊的第一條路。
- Continuez tout droit jusqu'au bout et tournez à droite.（參見6-6命令式）
  您繼續往前走到底，然後右轉。

Vocabulaire　單字變一變

➢ C'est la rue à droite de la banque.
就是那間銀行右邊的那條路。

位置	中文意思
à droite de	在……的右邊
à gauche de	在……的左邊
à côté de	在……的旁邊
en face de	在……的對面
devant	在……的前面
derrière	在……的後面

Conversation　聊天話匣子

Excusez-moi, je cherche une station de Vélib, s'il vous plaît.
對不起，我在找Vélib自行車的租借站，麻煩您。

C'est pas loin d'ici.
離這裡不遠。

Vous‿allez tout droit jusqu'au premier feu et tournez à gauche.
您直走到第一個紅綠燈，然後左轉。

La station de Vélib est juste après la banque BNP.
Vélib自行車租借站就在BNP銀行之後。

Merci beaucoup.
非常謝謝您。

Je vous‿en prie.
不客氣。

5-2：Comment va-t-il à l'école?
他怎麼去學校？

ALLER 去（第三類不規則動詞）

MP3-38

主詞		直陳現在式動詞變化	主詞		直陳現在式動詞變化
我	je	vais	我們	nous‿	allons
你	tu	vas	您／您們／你們	vous‿	allez
他／她／我們	il / elle / on	va	他們／她們	ils / elles	vont

PRENDRE 搭乘（第三類不規則動詞）

主詞		直陳現在式動詞變化	主詞		直陳現在式動詞變化
我	je	prends	我們	nous	prenons
你	tu	prends	您／您們／你們	vous	prenez
他／她／我們	il / elle / on	prend	他們／她們	ils / elles	prennent

Comment on dit en français? 法語怎麼說

- Comment est-ce que vous‿allez au bureau?
  您怎麼去辦公室？
- J'y vais en métro.
  我搭地鐵去。
- Comment va-t-il à l'école?
  他怎麼去學校？

➢ Vous prenez le bus pour aller au travail?
您搭公車去上班嗎？

➢ Tu vas à l'école en métro?
你搭地鐵去學校嗎？

➢ Je vais au marché à pied.
我走路去市場。

Vocabulaire 單字變一變

➢ 1）Tu vas à Lyon en bus?
你坐公車到里昂？

交通方式	中文意思
en bus	坐公車
en métro	坐地鐵
en voiture	坐汽車
en train	坐火車
en taxi	坐計程車
en‿avion	坐飛機
en bateau	坐船
à pied	走路
à moto	騎摩托車
à vélo	騎腳踏車

➢ 2）Je prends le métro pour aller au travail.
我搭捷運去上班。

交通工具	中文意思
le métro	地鐵／捷運
le bus	公車
le train	火車
le taxi	計程車
l'avion	飛機
le bateau	船

➢ 3）Je vais à l'école à pied, et toi?
我走路去學校，你呢？

J'y vais à vélo.
我騎腳踏車去。

Tu participe à ce projet?
你參加這個計畫嗎？

Oui, j'y participe.
會，我會參加。

＊ Y是法語的其中一個代名詞，用來取代以「à + 地方」或是「à + 事物」的結構，位置至於動詞之前。

Conversation 聊天話匣子

Demain j’ai un rendez-vous avec un client à Lille.
明天我有在里耳跟一位客戶有一個面談。

Tu y vas comment?
你要怎麼去？

J’y vais en train, le lieu de rendez-vous est juste en face de la gare.
我搭火車去，面談的地方就在火車站正對面。

C’est plus pratique de prendre le train.
搭火車比較方便。

Oui, tu as raison.
對啊，你說的沒錯。

5-3：Chez moi, ce n'est pas grand.
我家不大。

VENIR 來（第三類不規則動詞）

MP3-39

主詞		直陳現在式動詞變化	主詞		直陳現在式動詞變化
我	je	viens	我們	nous	venons
你	tu	viens	您／您們／你們	vous	venez
他／她／我們	il / elle / on	vient	他們／她們	ils / elles	viennent

Comment on dit en français? 法語怎麼說

- Vous venez chez moi ce soir?
  你們今晚到我家來嗎？
- Il vient avec son‿amie chez Pierre.
  他跟他的朋友一起來皮耶家。
- J'habite au troisième étage.
  我住在三樓。
- Vous‿habitez à quel étage?
  您住在哪一層樓？
- Chez moi, ce n'est pas grand.
  我家不大。
- Je vais chez le coiffeur.
  我要去理髮店。

Vocabulaire　單字變一變

➢ 1）Chez moi, ce n'est pas grand.

＊ chez在法語中有在家裡的意思，所以「chez + 人」成為在某人家裡的意思。

強調性人稱代名詞	chez + 強調性人稱代名詞
moi　我	chez moi　我家
toi　你	chez toi　你家
lui　他	chez lui　他家
elle　她	chez‿elle　她家
nous　我們	chez nous　我們家
vous　您／您們／你們	chez vous　你們家／您家／您們家
eux　他們	chez‿eux　他們家
elles　她們	chez‿elles　她們家

＊ 強調性人稱代名詞，用來「加強語氣」吸引聽眾的注意力，不可過度使用。

使用時機：

1-1）C'est + 強調性人稱代名詞

C'est vous, Monsieur Dupont?

您是杜邦先生嗎？

Oui, c'est moi.

沒錯，我就是。

1-2）aussi / pas + 強調性人稱代名詞

J'habite près du métro Madeleine.

我住在Madeleine地鐵站附近。

Moi aussi!

我也是。

Il aime la randonnée?
他喜歡健行嗎？

Non, pas lui!
不，他不喜歡。

1-3）avec / sans / pour / chez + 強調性人稱代名詞

Je vais à Paris avec vous.
我跟你們去巴黎。

Je ne veux pas partir sans toi.
沒有你，我不想離開。

Je fais tout ça pour toi.
我做了這麼多事都是為了你。

Marie est chez vous?
瑪麗在你們家嗎？

➢ 2）J'habite au troisième étage.
我住在三樓。

法國樓層		臺灣對應的樓層
rez-de-chaussée	底層（平面層）	一樓
premier étage	一樓	二樓
deuxième étage	二樓	三樓
troisième étage	三樓	四樓
數字 + ième	某樓層	法國樓層 + 一樓
dernier étage	頂樓	頂樓
sous-sol	地下室	地下室
grenier	閣樓	閣樓

Conversation 聊天話匣子

Tiens, ça vous dirait de dîner chez moi demain?
嘿，如果明天到我家吃晚餐你們覺得如何？

Bonne idée! On peut amener des‿amis?
很好啊！我們可以帶朋友嗎？

Bien sûr, mais chez moi, c'est petit.
當然可以，但是我家有點小。

Ce n'est pas grave, c'est plus chaleureux comme ça!
沒關係，這樣才會更熱鬧！

5-4：Il y a trois pièces dans cet‿appartement. 這間公寓有三間房。

VIVRE 生活（第三類不規則動詞）

MP3-40

主詞		直陳現在式動詞變化	主詞		直陳現在式動詞變化
我	je	vis	我們	nous	vivons
你	tu	vis	您／您們／你們	vous	vivez
他／她／我們	il / elle / on	vit	他們／她們	ils / elles	vivent

Comment on dit en français? 法語怎麼說

- Où se trouve cet‿appartement?（se trouver處於）
  這間公寓在哪裡？
- Il se trouve dans le cinquième arrondissement de Paris.
  它在巴黎的第五區裡。
- Il y a trois pièces dans cet‿appartement.
  這間公寓裡有三間房。
- Mes‿enfants vivent à Lyon avec ma femme.
  我小孩跟我太太住在里昂。
- Qu'est-ce qu'il y a dans le sac?
  袋子裡有什麼？
- Il n'y a rien.
  什麼都沒有。

Vocabulaire　單字變一變

➢ Il y a cinq pièces dans cette maison.
　這間房子裡有五間隔間。

室內空間	
une pièce	一間隔間
un salon	一間客廳
une cuisine	一間廚房
une salle à manger	一間飯廳
une chambre	一間臥室
une salle de bain	一間浴室
un garage	一間車庫

＊ Il y a + 名詞（有……）：il是非人稱主詞，是一個固定的表達法，不會因為後面緊接的名詞的陰陽性或是單複數而改變。

Conversation　聊天話匣子

Vos parents sont avec vous en France?
您的父母跟您一起住在法國嗎？

Non, ils vivent aux‿Étas-Unis.
沒有，他們住在美國。

Vous‿habitez dans‿un‿appartement ici?
在這裡，您住在一間公寓嗎？

Non, j'habite dans‿un studio de 15 m^2 (mètres carrés).
不是，我住在一間15平方米的套房。

Ah bon, c'est petit!
是喔，很小呢！

Oui, mais ça me suffit.
對啊，不過夠我住的了。

5-5：On se voit quand?
我們什麼時候見面？

VOIR 看見（第三類不規則動詞）

主詞		直陳現在式動詞變化	主詞		直陳現在式動詞變化
我	je	vois	我們	nous	voyons
你	tu	vois	您／您們／你們	vous	voyez
他／她／我們	il / elle / on	voit	他們／她們	ils / elles	voient

Comment on dit en français? 法語怎麼說

- On se voit quand?（se voir相見）
  我們什麼時候見？
- Vous voyez le premier feu là-bas?
  您看到那邊第一個紅綠燈嗎？
- Je suis devant le restaurant «Deux Garçons», tu me vois?
  我在「兩兄弟」餐廳前面，你看得到我嗎？
- Tu la vois demain?
  你明天見她嗎？
- On se retrouve où?（se retrouver碰面）
  我們在哪裡碰面？

 Vocabulaire 單字變一變

➢ On se voit chez Claire.
我們在克萊兒家見。

反身動詞（原型動詞）	
se voir	相見
se retrouver	集合／碰面
s'attendre	互等
s'embrasser	互擁
se parler	互相交談
se rencontrer	相遇（初次巧遇）

＊ 反身動詞（verbes proniminaux）跟一般動詞不同的地方，在於動詞前面加上了一個人稱代名詞「se」，會隨著主詞而變化。反身動詞顧名思義就是把動作應用在主詞者自己身上（見P.145）或是主詞者之間彼此互相做此動作（本頁上表的動詞）的意思。至於是哪一種意思，就必須從動詞的特性或前後文得知。

＊ 反身動詞的動詞變化同一般動詞變化，但是必須在動詞前面，依據主詞加上配合的反身代名詞，如下表：

Se voir　相見

主詞	反身代名詞	動詞變化
je	me	vois
tu	te	vois
il / elle / on	se	voit
nous	nous	voyons
vous	vous	voyez
ils	se	voient

Conversation 聊天話匣子

On prend un verre ensemble après le travail?
我們下班後去喝一杯怎麼樣？

Oui, avec plasir.
好呀，非常樂意。

On s'attend devant le bar «Trois Petits Cochons» vers dix-neuf heures?
大約晚上七點我們在「三隻小豬」酒吧前互等？

D'accord, à ce soir.
好的，今晚見囉。

À ce soir.
今晚見。

5-6：Vous sortez souvent le soir?
您晚上常常出門嗎？

SORTIR　出門（第三類不規則動詞）

MP3-42

主詞		直陳現在式動詞變化	主詞		直陳現在式動詞變化
我	je	sors	我們	nous	sortons
你	tu	sors	您／您們／你們	vous	sortez
他／她／我們	il / elle / on	sort	他們／她們	ils / elles	sortent

PARTIR　離開／出發（第三類不規則動詞）

主詞		直陳現在式動詞變化	主詞		直陳現在式動詞變化
我	je	pars	我們	nous	partons
你	tu	pars	您／您們／你們	vous	partez
他／她／我們	il / elle / on	part	他們／她們	ils / elles	partent

Comment on dit en français?　法語怎麼說

➢ Qu’est-ce que vous faites après le travail?
您下班後做什麼？

➢ Vous sortez souvent le soir?
您晚上常常出門嗎？

➢ Je sors avec Mathieu pour dîner.
我跟馬修出門吃晚餐。

➢ On part en vacances.
我們要去度假了。

➢ Quand‿est-ce que vous partez aux‿États-Unis?
你們什麼時候前往美國？

➢ Je viens de partir de la maison.
我剛剛出家門。

Vocabulaire 單字變一變

➢ Je sors souvent le soir.
我晚上常常出門。

頻率副詞	
souvent	常常
toujours	總是
quelquefois	有時候
rarement	很少
jamais	從不／不曾

Conversation 聊天話匣子

Qu'est-ce que vous faites le soir, en général?
一般而言，您晚上做什麼？

Je sors souvent avec des‿amis.
我常常跟朋友出去。

Le week-end aussi?
週末也是嗎？

Oui, mais rarement, car il y a souvent des‿activités familiales le week-end.
是的，不過很少，因為週末常常有家族性的活動。

Récapitulons　學習總複習

Production orale　聊聊法語

MP3-43

Dans mon quartier　我家附近

➢ J'habite dans le quinzième arrondissement de Paris, près du métro Vaugirard.
我住在巴黎十五區，離地鐵站Vaugirard很近。

➢ Il y a un petit parc à la sortie du métro, en face, il y a un supermarché «Carrefour City».
地鐵的出口有一個小公園，對面，有一個「Carrefour City」超級市場。

➢ À droite du supermarché, il y a un «Starbucks» au coin de la rue d'Alleray et de la rue de Vaugirard.
超級市場的右邊，在Alleray路和Vaugirard路的交界，有一家「星巴克」咖啡館。

➢ À gauche, vous voyez un restaurant «Je Thé... me» dans la rue d'Alleray.
左邊，你會看到一間「Je Thé... me」餐廳在Alleray路上。

➢ Moi, j'habite dans cet‿immeuble au sixième étage.
我啊，就住在這棟公寓建築裡的六樓。

➢ La médiathèque Marguerite Yourcenar est juste à 10 minutes à pied.
走路10分鐘就會到影音圖書館Marguerite Yourcenar。

➢ Tous les samedis, il y a un marché pas loin de chez moi, à peu près à 15 minutes à pied.
每個星期六，離我家不遠，走路大約15分鐘，就有一個市集。

➢ C'est un quartier très sympa et je suis très content de vivre ici.
這是一個很熱鬧的區域，我很開心住在這裡。

Exercices écrits　隨手寫寫

1） Comment votre mari __________ au bureau?
您先生怎麼去上班？

2） Est-ce que tu vas __________ Marie ce soir?
你今天晚上要去瑪麗家嗎？

3） On __________ en vacances.
我們出發度假去。

4） Je __________ le train pour aller à Rennes.
我搭火車去Rennes.

5） Vous allez tourner __________ dans la rue Michelet.
您在Michelet這條街左轉。

6） Il habite __________ 5e étage.
他住在5樓

7） Mes parents __________ en France.
我父母住在法國。

8） Où est-ce qu'on __________ pour un café?
我們在哪裡碰面去喝咖啡？

9） Tu vas à la gare comment?
你怎麼去車站？

J' __________ vais en bus.
我搭公車去。

10） __________ deux chambres chez lui.
他家有二間臥室。

Compréhension orale 仔細聽聽

MP3-44

1） Il __________ à Paris en avion.

pour / prend / part / va

2） Tournez à __________.

droite / tout droit / gauche / côté

3） __________, je cherche la rue Auber.

Excuse-moi / Pardon / Excusez-moi / Pardonnez-moi

4） Tu __________ ce soir?

dors / pars / sors / vas

5） On __________ va !

y / est / ne / en

6） __________ est-ce que tu viens chez moi?

Quoi / Comme / Quand / Où

7） Ils nous invitent chez __________.

lui / leur / elles / eux

8） Il faut __________ à gauche.

traverser / tourner / aller / venir

9） Vous __________ la porte à côté du restaurant?

venez / voyez / voir / voyons

10） Nous habitons au __________ étage.

4e / 5e / 6e / 7^e

TOMBER DANS LES POMMES
掉到蘋果堆裡

意指

昏倒失去意識。

由來

據說起源於十九世紀末。最初來自「pâmer」（失去意識），後來漸漸演變為「paumer」（迷失），最後轉變成「pommes」（蘋果）。另一個來源的說法來自於作家喬治・桑德（George Sand），在寫給杜邦女士的信中表達精疲力盡：「être dans les pommes cuites」（在熟蘋果堆中）。

例句

➢ La fille à côté de moi est tombée dans les pommes.
在我旁邊的女生昏倒了。

Un de perdu, dix de retrouvés.

塞翁失馬焉知非福（丟了一個，找回十個）。

Unité 6

Quelle heure est-il?

幾點了？

 Savoir-faire 學習重點

這個單元中，將日常生活中幾乎天天會用到的時間和天氣的法語表達帶入，同時也介紹法語中特殊的反身動詞用法，讓您能夠藉此了解反身動詞的概念並且學會如何正確使用。另外，帶入比較級和最高級的表達用法，使您能在法語表達中更為深入。

第六單元裡，從6-1到6-5的動詞形態都是直陳現在式時態。在6-6中介紹法國生活中，會看到警告或是指示標語中會用到的命令現在式時態。

各章節動詞如下：
6-1：ARRIVER　抵達
6-2：POUVOIR　可以
6-3：IL FAIT　天氣狀況
6-4：SE LEVER　起床（反身動詞）
6-5：FINIR　結束
6-6：命令現在式時態（REGARDER　看、ATTENDRE　等待）

此單元依據生活情境延伸出來幾個重要的反身動詞：「se lever」（起床）、「se réveiller」（醒來）、「se doucher」（洗澡、沖澡）、「se laver」（洗澡）、「s'habiller」（穿衣）、「se raser」（刮鬍子）、「se dépêcher」（趕快）、「se coucher」（上床休息）、「se reposer」（休息）。（以上皆為第一類ER結尾的規則動詞）

其他的第一類動詞如：「commencer」（開始）、「arranger」（安排）、「ranger」（整理）、「écouter」（聽）、「neiger」（下雪）、「fumer」（抽菸）。

第三類動詞有：「pleuvoir」（下雨）、「se souvenir」（想起）（反身動詞）。

Grammaire　法語文法

6-1：時間表達（正規／口語說法）

6-2：星期／月份表達

6-3：天氣的表達方式

il fait + 形容詞

il y a + 名詞

il + 動詞

6-4：反身動詞用法（動作做在主詞身上的動詞）－verbes pronominaux réfléchis

6-5：比較級用法（plus / moins / aussi / autant）

最高級用法（le / la / les + 比較級）

6-6：命令式用法

命令式動詞 + COD直接受詞

命令式動詞 + COI間接受詞

命令式動詞 + te / vous / nous反身受詞

6-1：Quelle heure est-il?
幾點了？

ARRIVER　抵達（第一類ER結尾規則動詞）

主詞		直陳現在式動詞變化	主詞		直陳現在式動詞變化
我	j'	arrive	我們	nous‿	arrivons
你	tu	arrives	您／您們／你們	vous‿	arrivez
他／她／我們	il / elle / on‿	arrive	他們／她們	ils / elles‿	arrivent

Comment on dit en français?　法語怎麼說

➢ Excusez-moi, vous‿avez l'heure?
不好意思，請問幾點了？

➢ Quelle heure est-il?
幾點了？

➢ Il est une heure trente du matin.
現在凌晨一點三十分。

➢ Il est huit heures et quart.
現在八點十五分。

➢ L'avion arrive à vingt-trois‿heures à Paris.
飛機晚上十一點抵達巴黎。

➢ C'est l'heure!
時間到了！

 Vocabulaire 單字變一變

➢ Il est sept heures quinze.
現在七點十五分。

正規表達	口語表達
quinze 十五分鐘	et quart 一刻鐘
trente 三十分鐘	et demie 半小時
quarante 四十分鐘	moins vingt 少二十分鐘（八點少二十分）
quarante-cinq 四十五分鐘	moins le quart 少一刻鐘（八點少一刻鐘）

＊ 中午十二點，法語中不說douze heures，而是以midi取代。

＊ 午夜十二點，法語中也不說zéro heure，而是以minuit取代。

 Conversation 聊天話匣子

Je vais voir le film «Yves Saint Laurent», tu veux venir avec moi?
我要去看電影「時尚大師聖羅蘭」，你想跟我去嗎？

Je veux bien, mais le film commence à quelle heure?
好啊，但是電影幾點開始？

Il commence à vingt-et-une heures.
電影晚上九點開始。

Ça m’arrange, je peux venir après mon travail.
這樣對我方便，我可以在工作結束後過去。

Très bien, à tout‿à l’heure.
太好了，待會見。

À tout‿à l’heure.
待會見。

6-2：Nous sommes quel jour?
今天星期幾？

POUVOIR　可以（第三類不規則動詞）

主詞		直陳現在式動詞變化	主詞		直陳現在式動詞變化
我	je	peux	我們	nous	pouvons
你	tu	peux	您／您們／你們	vous	pouvez
他／她／我們	il / elle / on	peut	他們／她們	ils / elles	peuvent

Comment on dit en français?　法語怎麼說

- On‿est le combien?
  今天是幾月幾號？
- Nous sommes le dix-huit juillet.
  今天七月十八日。
- Quel jour sommes-nous?
  今天星期幾？
- On‿est lundi.
  今天星期一。
- Le mardi premier novembre est jour férié.
  十一月一號星期二是假日。
- Je peux être là vendredi prochain.
  我下星期五可以在那裡。
- C'est la rentrée la semaine prochaine.
  下星期就開學了。

Vocabulaire 單字變一變

➢ On‿est le lundi 25 mai.

星期	
lundi	星期一
mardi	星期二
mercredi	星期三
jeudi	星期四
vendredi	星期五
samedi	星期六
dimanche	星期天

月份	
janvier	一月
février	二月
mars	三月
avril	四月
mai	五月
juin	六月
juillet	七月
août	八月
septembre	九月
octobre	十月
novembre	十一月
décembre	十二月

Conversation 聊天話匣子

Bonjour, je voudrais un aller simple Paris-Marseille.
您好，我想要一張巴黎到馬賽的單程票。

Oui, pour quelle date?
好的，哪一天呢？

Pour le 13 mars.
三月13日

Le matin ou l'après-midi?
早上還是下午？

Le matin si possible.
如果可以的話，早上。

D'accord, il y a un train à dix heures, un‿autre à midi moins vingt.
好的，有一班十點的火車，另一班十一點四十分。

Je prends le train de dix heures.
我買十點的。

Voilà votre billet.
這是你的票。

Merci.
謝謝。

6-3：Il fait beau aujourd'hui.
今天天氣真好。

FAIRE 描述天氣狀況（第三類不規則動詞）

MP3-47

主詞		直陳現在式動詞變化
天氣	il	fait

＊ il是第三人稱單數的非人稱主詞，指天氣。

Comment on dit en français? 法語怎麼說

- Quel temps fait-il aujourd'hui?
  今天天氣如何？
- Il fait beau.
  天氣好。
- Il y a du soleil.
  有陽光。
- Il pleut.
  下雨了。
- C'est nuageux.
  多雲。

Vocabulaire　單字變一變

➢ 1）il fait beau.
天氣好。（非人稱主詞）

天氣（形容詞表達）	
beau	好天氣
mauvais	不好
sombre	陰暗
chaud	熱
frais	涼
froid	冷

➢ 2）Il y a du soleil.
有陽光。（非人稱主詞）

天氣（名詞表達）	
du soleil	陽光
du vent	風
du brouillard	霧氣
des‿averses	晴時多雲偶陣雨
des nuages	多雲
de la neige	雪
de la pluie	雨

➢ 3）Il pleut.
下雨了。（非人稱主詞）

天氣（動詞表達）	
pleut	下雨
neige	下雪

Conversation　聊天話匣子

Ça fait du bien, la nature!
大自然讓人感覺真好！

Oui, c'est bon pour le corps et l'esprit!
對啊，對身體和精神都好！

（... plus tard ……過了一段時間）

Regarde, il commence à faire sombre, non?
你看，天空開始變得灰灰暗暗，對不對？

Effectivement, mais c'est normal, il y a toujours des‿averses dans la montagne.
真的耶，不過這很正常，山上總是有短暫陣雨。

Ça ne dure pas longtemps en général, on peut continuer notre marche.
一般不會持續太久的，我們可以繼續往前走。

6-4：Tu te lèves à quelle heure? 你幾點起床？

SE LEVER　起床（反身動詞，第一類ER結尾規則動詞）

MP3-48

主詞		直陳現在式動詞變化	主詞		直陳現在式動詞變化
我	je	me lève	我們	nous	nous levons
你	tu	te lèves	您／您們／你們	vous	vous levez
他／她／我們	il / elle / on	se lève	他們／她們	ils / elles	se lèvent

Comment on dit en français?　法語怎麼說

- Qu'est-ce que tu fais?
  你在做什麼？
- Je me lave les mains.
  我在洗手。
- Je me lave.
  我在洗澡。
- Tu te lèves à quelle heure?
  你幾點起床？
- On se lève vers sept heures.
  我們大約七點起床。
- Mon grand frère ne se rase pas tous les jours.
  我哥哥沒有每天刮鬍子。
- Je me dépêche.
  我加快動作。

 Vocabulaire 單字變一變

➢ Je me lève vers sept heures.
我大約七點起床。

je為主詞的替換動詞	反身動詞原型	
me lève	se lever	起床
me réveille	se réveiller	醒來
me douche	se doucher	洗澡、沖澡
me lave	se laver	洗澡
m'habille	s'habiller	穿衣
me rase	se raser	刮鬍子
me couche	se coucher	上床休息

＊ 以上的反身動詞（verbes proniminaux）屬於動作應用在主詞者自己身上的動詞。

＊ 根據動詞的特性，此類的反身動詞還可以加上身體的部位強調動作。

例如：

Je me lave les mains.

我洗手。

Je me rase la tête.

我剃光頭。

Je me brosse les dents.

我刷牙。

 Conversation　聊天話匣子

Mon chéri, il est tard, c'est l'heure de te coucher.
寶貝，很晚了，你該上床睡覺了。

Maman, je veux finir ce film, donne-moi encore un peu de temps.
媽媽，我想看完這部電影，再給我一點時間。

Ce n'est pas possible, tu dois te lever à sept heures demain pour l'école, tu te souviens?
不行，你明天七點要起床上學去，你還記得嗎？

Mais...
可是……

Il n'y a pas de mais. Tu peux continuer le film demain!
沒有可是了。明天你可以繼續把電影看完！

D'accord, d'accord...
好啦，好啦……

6-5：Je finis mes devoirs.
我在做功課。

FINIR　結束（第二類IR結尾規則動詞）

主詞		直陳現在式動詞變化	主詞		直陳現在式動詞變化
我	je	finis	我們	nous	finissons
你	tu	finis	您／您們／你們	vous	finissez
他／她／我們	il / elle / on	finit	他們／她們	ils / elles	finissent

Comment on dit en français?　法語怎麼說

- Il fait meilleur que la semaine dernière.
  今天天氣比上星期好。
- Je finis mes devoirs.
  我在做功課。
- Les gens dînent moins tard en France qu'en‿Espagne.
  在法國，人們比在西班牙早吃晚餐。（moins tard比較不晚 = plus tôt比較早）
- Nous‿avons autant de travail que vous.
  我們的工作量跟你們一樣多。
- Anne est aussi petite que Sophie.
  安娜跟蘇菲一樣矮小。
- C'est le plus beau garçon du monde.
  這是世界上最帥的男孩。

Vocabulaire 單字變一變

比較級性質：

第一類：plus比較多／moins比較少／aussi一樣 + 形容詞

1）Anne est plus jolie que Sophie. 安娜比蘇菲漂亮。

2）Anne est moins jolie que Sophie. 安娜沒有比蘇菲漂亮。

3）Anne est aussi jolie que Sophie. 安娜和蘇菲一樣漂亮。

第二類：plus比較多／moins比較少／aussi一樣 + 副詞

1）Nous courons plus vite que vous. 我們跑得比你們快。

2）Nous courons moins vite que vous. 我們沒你們跑得那麼快。

3）Nous courons aussi vite que vous. 我們跑得和你們一樣快。

第三類：動詞 + plus比較多／moins比較少／autant一樣

1）Il travaille plus que moi. 他工作得比我多。

2）Il travaille moins que moi. 他工作得比我少。

3）Il travaille autant que moi. 他工作得跟我一樣多。

第四類：plus de比較多的／moins de比較少的／autant de一樣的 + 名詞

1）Je mange plus de chocolat que toi. 我吃的巧克力比你多。

2）Je mange moins de chocolat que toi. 我吃的巧克力比你少。

3）Je mange autant de chocolat que toi. 我吃的巧克力跟你一樣多。

第五類：meilleur比較好（形容詞）／mieux比較好（副詞）

1）Ton café est meilleur que le sien. 你的咖啡比他的好喝。

2）Tu cuisines mieux qu'elle. 你比她會煮飯。

* meilleur是bon的比較級

* mieux是bien的比較級

最高級性質：le / la / les + 比較級

1）C'est le plus beau garçon de la ville. 這是城裡最帥的男孩。

2）C'est la plus jolie fille de la classe. 這是班上最漂亮的女孩。

3）Ce sont les villes les plus visitées du monde. 這些是世界上參觀人次最多的城市。

4）Tu es le meilleur. 你是最棒。

Conversation 聊天話匣子

Qui est la personne la plus gentille du monde?
誰是世界上最善良的人？

Le Père Noël!
聖誕老公公！

Ah bon? Pourquoi?
啊？為什麼？

Parce qu'il donne beaucoup de cadeaux aux‿enfants tous les‿ans!
因為他每年都給小孩很多禮物！

6-6：Dépêche-toi, tu es en retard!
快點，你遲到了！

Impératif présent　命令現在式

MP3-50

◎使用時機：用於警告、指引、命令或是建議。

◎動詞結構：

＊ 命令式中的受話對象（不會出現在句中），只有三類：tu / nous / vous。

＊ 命令式的使用：省略主詞，直接將動詞置於句首，達到直接的目的。

＊ 命令式現在時態中nous / vous的動詞變化與直陳式現在時態的變化相同。

＊ 命令式現在時態中tu的動詞變化：

原型動詞以ER結尾者：刪除直陳式現在時態的tu的動詞變化中結尾的s。

其他不是以ER結尾者（être / avoir / savoir / vouloir除外）：同直陳現在式時態中主詞tu的動詞變化。

REGARDER　看（第一類ER結尾規則動詞）

受話對象		命令現在式動詞變化	中文意思
你	tu	Regarde!	你看！
我們	nous	Regardons!	我們一起看！
你們／您／您們	vous	Regardez!	你們看！/ 您看！/ 您們看！

ATTENDRE　等待（第三類不規則動詞）

受話對象		命令現在式動詞變化	中文意思
你	tu	Attends!	你等一下！
我們	nous	Attendons!	我們等一下！
你們／您／您們	vous	Attendez!	你們等一下！/ 您等一下！/ 您們等一下！

Comment on dit en français?　法語怎麼說

➢ Range ta chambre.
整理你的房間。

➢ Prenons notre temps.
我們慢慢來。

➢ Dépêche-toi, tu es en retard!
快點，你遲到了！

➢ Écoute ta maman.
聽你媽媽的話。

➢ Téléphone à ton petit frère.
打電話給你弟弟。

➢ Ne fumez pas ici.
不要在這裡抽菸。

Vocabulaire　單字變一變

第一類：命令式 + 直接受詞（COD）

例句：Écoute ta maman.　聽你媽媽的話。
　　　Écoute-la.　聽她的。
　　　Ne l'écoute pas.　不要聽她的。

第二類：命令式 +間接受詞（COI）

例句：Téléphone à ton petit frère.　打電話給你弟弟。
　　　Téléphone-lui.　打給他。
　　　Ne lui téléphone pas.　不要打給他。

第三類：命令句 + 反身受詞（te / nous / vous）

例句：Lave-toi!　去洗澡！
　　　Ne te lave pas.　不要洗澡。

* 直陳式中的原本置於動詞前的人稱受詞(me / te)，在命令式的肯定句中，會移到命令式動詞之後，成為（moi / toi)。

直陳式	命令式（肯定句）
Tu m'écoutes. 你聽我說。	Écoute-moi! 聽我說！
Tu te dépêches. 你動作快點。	Dépêche-toi! 你快點！

 Conversation 聊天話匣子

Dépêchons-nous! Le train part dans quinze minutes!
快點！火車十五分鐘後就要開了。

On‿est déjà à la gare, ne t'inquiète pas!
我們已經在車站了，不要擔心！

De quel quai part le train?
車子從哪個月台出發？

Attends, je regarde... le quai 12!
等一下，我看一下……12號月台！

C'est juste en face de nous.
就在我們前面。

Génial ! Enfin on peut se reposer un peu.
太好了！終於可以稍微休息一下了。

Récapitulons　學習總複習

Production orale　聊聊法語

MP3-51

Ma journée　我的一天

➢ Tous les matins du lundi au vendredi, je me lève à six heures et demie.
從星期一到星期五的每天早上，我都六點半起床。

➢ Je me douche, je fais ma toilette, et je m'habille.
我洗澡，整理儀容，然後穿衣服。

➢ Je prends mon petit déjeuner vers sept heures et demie.
我大約七點半吃早餐。

➢ Ensuite, je pars de chez moi pour aller au métro vers huit heures dix.
接著，大約八點十分我離開家裡到地鐵。

➢ Je mets à peu près une demie heure de chez moi au bureau.
從我家到公司大約半小時的時間。

➢ Après le travail, j'aime prendre un verre avec mes‿amis avant de rentrer chez moi.
下班後，我喜歡和朋友先喝一杯後再回家。

➢ On dîne vers vingt‿heures trente.
我們大約八點三十吃晚餐。

➢ Je regarde un peu la télé après le dîner.
晚餐後，我看點電視。

➢ D'habitude, je me couche vers vingt-trois‿heures.
習慣上，我大約晚上十一點上床休息。

Exercices écrits 隨手寫寫

1） Il __________ chaud.
天氣熱。

2） Vous __________ l'heure?
請問幾點了？

3） __________-vous!
（你們）快點！

4） Il est sept heures __________ vingt.
現在六點四十分。

5） Je travaille __________ que toi.
我工作得比你多。

6） Ma mère __________ les cheveux tous les jours.
我媽媽每天都洗頭髮。

7） Réveille-__________!
（你）醒醒！

8） Marie rentre à la maison vers __________.
Marie大約七點半回家。

9） L'avion part __________ 17 heures pile.
飛機下午5點整起飛。

10） Ne __________ pas.
不要聽她的。

Compréhension orale 仔細聽聽

MP3-52

1） Quelle __________ est-il?
sœur / heure / jour / peur

2） Il est __________ heures et demie.
six / sept / dix / neuf

3） Il __________ du soleil.
fait / y a / faites / a

4） Appelle-__________, quand tu arrives à la maison.
moi / toi / le / la.

5） Son pain est __________.
le mieux / la mieux / la meilleur / le meilleur

6） J'ai __________ travail que lui.
aussi / assez / autant / autant de

7） Mes enfants __________ vers 22h30.
couchent / s'est couché / se couchent / se couchez

8） Je __________ brosse les dents.
te / me / la / le

9） On est __________.
lundi / mercredi / mardi / samedi

10） Vous __________ venir chez moi dans une demie heure?
pouvons / pouvez / voulez / voulons

Les fêtes en France
法國節慶

法國的節日可以分成民俗節日和宗教節日。但是，並非所有的節日都放假，只有十一個法定節日會放假（例如：新年、復活節和聖誕節）。不論是哪種性質的節日，通常都伴隨著傳統慶典或是習俗。

節日	法文	日期	習俗
新年（放假）	Jour de l'An	1月1日	以象徵幸福的植物「le gui」（槲寄生）裝飾住家。午夜時互擁並互相祝福「Bonne Année」（新年快樂），整晚守夜。
主顯節	Épiphanie	新年後的第一個星期天	一起分享藏有象徵幸運小瓷偶的「Galettes des Rois」（國王餅），吃到小瓷偶的人可以帶上皇冠，要求實現一個願望。
光明節	Chandeleur	2月2日	享用象徵太陽的「Crêpes」（法式薄餅）。當天右手將薄餅由鍋中往上擲翻面時，左手必須握一個硬幣，如果薄餅成功落回鍋中，象徵當年會有滾滾財源喔！
情人節	Saint Valentin	2月14日	送愛人花朵。
懺悔節	Mardi Gras	復活節前的40天	參加「Carnaval」（化妝嘉年華會）、品嚐「Crêpes」（法式薄餅）。
愚人節	1er Aril	4月1日	開玩笑，惡作劇之日。 被作弄的人如果真的上當受騙時，人們會大喊：「Poisson d'avril」（四月魚）（最常見的說法：因為四月初是魚類的繁殖期，禁止捕魚。於是人們在段時間會用假魚捉弄漁夫，如果上當了，就大喊四月魚，漸漸地就成了習俗。）

節日	法文	日期	習俗
復活節（放假）	Pâques	3月21之後出現月圓後的第一個星期天	小孩在家裡或花園裡尋找父母們準備的巧克力蛋。
勞工節（放假）	Fête du Travail	5月1日	人們互送「Muguet」（鈴蘭花）。工會在這一天會舉辦遊行，象徵勞工的同心協力。
勝利節（放假）	Victoire 1945	5月8日	第二次大戰結束的紀念日。 在凱旋門下的無名士兵的墓與各地的亡者紀念碑擺上花束。
耶穌升天日（放假）	Ascension	復活節後40天的星期四	各地舉辦彌散
五旬節（放假）	Pentecôte	復活節後的第七個星期天	各地舉辦彌散
母親節	Fête des Mères	5月的最後一個星期天	小孩送母親禮物
父親節	Fête des Pères	6月的第三個星期天	小孩送父親禮物
音樂節	Fête de la musique	6月21日	全國大街小巷都有音樂會。每個人都可以在街上、廣場上隨意舉辦自己的音樂會。
國慶日（放假）	Fête Nationale	7月14日	觀看巴黎的「Défilés militaires」（國慶閱兵）及各地的「Feu d’artifice」（煙火秀）。
聖母升天日（放假）	Assomption	8月15日	各地有遊行活動，舉辦大型舞會和煙火秀慶祝。

節日	法文	日期	習俗
諸聖節（放假）	Toussaint	11月1日	緬懷先人的節日。 11月2日造訪墓園，並在先人的墳墓上放上菊花。
停戰日（放假）	Armistice de 1918	11月11日	第一次大戰結束的紀念日。 在凱旋門下的無名士兵的墓與各地的亡者紀念碑擺上花束。
聖誕節（放假）	Noël	12月25日	家族性的節日。 家中會裝飾「Sapin de Noël」（聖誕樹）。小孩則會收到由「Père Noël」（聖誕老人）送的禮物。 24日晚上教堂的彌撒延續到午夜。

開口說說看吧

耶誕節快樂：JOYEUX NOËL!
新年快樂：BONNE ANNÉE!
佳節愉快：BONNE FÊTE!或是JOYEUSE FÊTE!

Mieux vaut tard que jamais.

亡羊補牢（晚做總比不做好）。

Unité 7

Je me suis couché tard hier.

我昨天很晚才上床休息。

 Savoir-faire　學習重點

這個單元介紹法語中的直陳過去式時態，重點放在直陳過去動作式（Passé Composé）和直陳過去情境式（Imparfait）這兩個時態。在直陳過去式中，雖然有兩種時態的動詞變化，但是過去動作式中的過去分詞只有一種變化形式，而情境式中的變化也是規則變化，因此只要掌握變化的訣竅，就能夠活用自如，以後在敘述一件過去的事情時，就不再是件難事了。

各章節主要動詞：

7-1：過去動作式：助動詞avoir + 過去分詞（avoir eu / avoir fait）
7-2：過去動作式：助動詞être + 過去分詞（移動動詞）（être sorti / être venu）
7-3：過去動作式：反身動詞使用être助動詞（se coucher / se voir ）
7-4：過去動作式：可用助動詞être和avoir的移動動詞（descendre）
7-5：過去情境式：être和avoir的過去情境時態變化

必須特別注意的是，過去動作式中必須先了解過去分詞做陰陽性和單複數變化的時機，以及針對動詞本身的特性和語意，決定該選擇être或avoir為助動詞。這些應注意的細節在本單元中也都有詳細的說明。

開始本單元前，建議您先閱讀法語文法，增加對之後章節的理解。

 Grammaire 法語文法

7-1：直陳過去動作式：avoir + 過去分詞結構
過去時間表達用語
7-2：直陳過去動作式：être + 移動動詞結構
過去分詞陰陽性和單複數的變化
7-3：直陳過去動作式：反身動詞使用être助動詞
過去分詞陰陽性和單複數的變化
7-4：直陳過去動作式：可用être或avoir為助動詞的5個移動動詞
être或avoir為助動詞的語意差異
7-5：直陳過去情境式的動詞時態變化
COD / COI在直陳過去式中對過去分詞的影響

＊ 直陳過去動作式：類似電影中，鎂光燈下的主角動作或是正在進行的主事件。

＊ 直陳過去情境式：類似電影中，為了主事件或主角而營造出來的背景或是周遭環境。

 Passé Composé　直陳過去動作式

◎使用時機：用來表示過去已完成的動作或事件（短暫性）。

◎動詞結構：助動詞＋動詞的過去分詞形態。

助動詞（auxiliaire）有兩種：Être和Avoir的直陳現在式。

過去分詞（participe passé）：每個動詞只有一個過去分詞，依據原型動詞的結尾，以下歸納過去分詞的變化規則。

助動詞（auxiliaire）	動詞的過去分詞（participe passé）
Être（直陳現在時態） 或 Avoir（直陳現在時態）	第一類ER結尾動詞：er → é 如：aimer（喜歡／愛）→ aimé、manger（吃）→ mangé、lever（提高）→ levé
	第二類IR結尾動詞：ir → i 如：finir（結束）→ fini、grandir（長大）→ grandi、choisir（選擇）→ choisi
	第三類不規則動詞：通常以i / u / is / it / ert / eint結尾 如：sortir（出門）→ sorti、vouloir（想要）→ voulu、prendre（搭／拿／點）→ pris、écrire（寫）→ écrit、offrir（贈送）→ offert、peindre（作畫）→ peint

如何選擇助動詞？Être還是Avoir？

▶Être直陳現在時態 + 1）反身動詞的過去分詞
2）移動動詞的過去分詞

＊ 過去分詞必須依據主詞的陰陽性單複數做變化。（過去分詞 + e變成陰性的過去分詞，過去分詞 + s變成複數的過去分詞）

＊ 移動動詞：「aller」（去）、「venir」（來）、「arriver」（到達）、「partir」（離開／前往）、「entrer」（進入）、「naître」（誕生）、「mourir」（去世）、「rester」（停留）、「tomber」（掉落）、「devenir」（變成）、「monter」（往上）、「descendre」（往下）、「sortir」（出門）、「passer」（經過）、「retourner」（返回）。

▶Avoir現在直陳時態 + 其他動詞 的過去分詞（不屬於反身動詞和移動動詞以外的動詞）

＊ 過去分詞不需要變化。

例句解析：

1）Il a acheté le pantalon.　他買了那件褲子。

步驟1：主要動詞「買」：原型動詞acheter → 過去分詞acheté。

步驟2：acheter不是反身動詞，也不是移動動詞。
過去動作式用助動詞avoir的現在式變化。

步驟3：Il + avoir現在直陳時態 + acheter的過去分詞 → il a acheté。

2）Je suis sorti hier soir.　我昨晚出門去了。

步驟1：主要動詞「出門」：原型動詞sortir → 過去分詞sorti。

步驟2：sortir是移動動詞。過去動作式用助動詞être的現在式變化。

步驟3：主詞「我」Je是陽性單數，sorti本身就是陽性單數的過去分詞不需做變化。

步驟4：Je + être現在直陳時態 + sortir的陽性單數過去分詞 → Je suis sorti。

3）Elle est‿allée à Londres.　她到倫敦去了。

步驟1：主要動詞「去」：原型動詞aller → 過去分詞allé。

步驟2：aller是移動動詞。過去動作式用助動詞être的現在式變化。

步驟3：主詞「她」Elle是陰性單數，原本陽性單數的過去分詞allé必須 + e成為陰性單數的過去分詞：allée。

步驟4：Elle + être現在直陳時態 + aller的陰性單數過去分詞 → Elle est allée。

4）Ils sont‿allés à Londres.　他們到倫敦去了。

步驟1、2同例句3。

步驟3：主詞「他們」ils是陽性複數，原本陽性單數的過去分詞allé必須 + s成為陽性複數的過去分詞：allés。

步驟4：Ils + être現在直陳時態 + aller的陽性複數過去分詞 → Ils sont allés。

5）Elles sont‿allées à Londres.　他們到倫敦去了。

步驟1、2同例句3。

步驟3：主詞「她們」Elles是陰性複數，原本陽性單數的過去分詞allé必須 + e成為陰性單數的過去分詞：allée。再 + s成為陰性複數的過去分詞：allées。

步驟4：Elles+ être現在直陳時態 + aller的陰性複數過去分詞 →
Elles sont‿allées。

否定句型：ne助動詞pas + 過去分詞

例句：1）Je ne suis pas sorti hier.　我昨天沒出門。

　　　2）Je n'ai pas vu Thomas hier.　我昨天沒看到托瑪。

Impartfait　直陳過去情境式

◎使用時機：用來描述過去的情境和狀態（持續性）。

◎動詞結構：動詞直陳過去情境式時態變化。

採用動詞直陳現在式，主詞為nous和vous的動詞變化，保留字首相同的部分，再將字尾以ais / ais / ait / ions / iez / aient取代。

原型動詞	動詞直陳現在式	動詞過去情境式
aimer	nous aimons vous aimez	j'aimais tu aimais il aimait nous‿aimions vous‿aimiez ils‿aimaient
finir	nous finissons vous finissez	je finissais tu finissais il finissait nous finissions vous finissiez ils finissaient
boire	nous buvons vous buvez	je buvais tu buvais il buvait nous buvions vous buviez ils buvaient

例句解析：

➢ J'avais des cheveux roux à l'époque.
我以前有褐色頭髮（我以前頭髮是褐色的）。

步驟1：過去的狀態，用情境式
步驟2：avoir現在式nous和vous變化相同部分：av
步驟3：主詞「我」Je過去情境式中的字尾變化是ais，所以avoir的過去情境式為avais，成為J'avais。

否定句型：ne直陳過去情境式動詞pas

➢ Je ne buvais pas à l'époque.
我以前不喝酒的。

7-1：Qu'est-ce que tu as fait ce week-end?
你上週末做了什麼？

MP3-53

Avoir現在直陳時態＋其他動詞的過去分詞（不屬於反身動詞和移動動詞以外的動詞）

＊ 過去分詞不需要變化。

AVOIR EU　有了（AVOIR第三類不規則動詞）

主詞		直陳過去動作式動詞變化	主詞		直陳過去動作式動詞變化
我	j'	ai eu	我們	nous‿	avons eu
你	tu	as eu	您／您們／你們	vous‿	avez eu
他／她／我們	il / elle / on‿	a eu	他們／她們	ils / elles‿	ont eu

AVOIR FAIT　做了（FAIRE第三類不規則動詞）

主詞		直陳過去動作式動詞變化	主詞		直陳過去動作式 動詞變化
我	j'	ai fait	我們	nous‿	avons fait
你	tu	as fait	您／您們／你們	vous‿	avez fait
他／她／我們	il / elle / on‿	a fait	他們／她們	ils / elles‿	ont fait

 Comment on dit en français? 法語怎麼說

- J'ai mangé tous les biscuits.
  我吃了所有的餅乾。
- Qu'est-ce que tu as fait ce week-end?
  你上週末做了什麼？
  （ce week-end 在法語中可以指剛過去的週末，也可以指即將到來的週末，要知道是上週末還是這個即將到來的週末，必須看動詞的時態）
- Nous‿avons visité le musée du Louvre il y a deux jours.
  兩天前，我們參觀了羅浮宮。
- Ils‿ont fait les courses.
  他們去買了菜。
- Quand‿est-ce que tu as vu ce film?
  你什麼時候看了這部電影。
- Maman a pris la décision de nous envoyer aux Pays-Bas.
  媽媽下了要把我們送到荷蘭的決定。

 Vocabulaire 單字變一變

- Qu'est-ce que tu as fait mardi matin?
  你星期二早上做了什麼？

過去的時間用語	
hier	昨天
avant-hier	前天
la semaine dernière	上星期
le mois dernier	上個月
le week-end dernier	上週末
l'année dernière	去年
Il y a + 時間	……以前

Conversation 聊天話匣子

Qu'est-ce que vous‿avez fait ce matin à l'école?
你們今天早上在學校做了什麼？

Nous‿avons eu deux‿examens ce matin, le français et les mathématiques.
我們今天早上有二個考試，法語和數學。

J'ai eu de bonnes notes en français.
我法語考得很好。

Très bien!
太棒了！

Et les mathématiques?
那數學呢？

Euh... les mathématiques, j'ai raté.
呃……數學，我沒及格。

7-2：Nous sommes sortis hier soir.
我們昨晚出門去了。

MP3-54

Être直陳現在時態 + 1）反身動詞的過去分詞
2）移動動詞的過去分詞

* 過去分詞必須依據主詞的陰陽性單複數做變化。（過去分詞 + e變成陰性的過去分詞，過去分詞 + s變成複數的過去分詞）
* 移動動詞：「aller」（去）、「venir」（來）、「arriver」（到達）、「partir」（離開／前往）、「entrer」（進入）、「naître」（誕生）、「mourir」（去世）、「rester」（停留）、「tomber」（掉落）、「devenir」（變成）、「monter」（往上）、「descendre」（往下）、「sortir」（出門）、「passer」（經過）、「retourner」（返回）。

ÊTRE SORTI　出門了（sortir移動動詞，第三類不規則動詞）

主詞		直陳過去動作式動詞變化	主詞		直陳過去動作式動詞變化
我	je	suis sorti(e)	我們	nous	sommes sorti(e)s
你	tu	es sorti(e)	您／您們／你們	vous‿	êtes sorti(es)
他／她／我們	il / elle / on‿	est sorti(es)	他們／她們	ils / elles	sont sorti(e)s

ÊTRE VENU　來了（venir移動動詞，第三類不規則動詞）

主詞		直陳過去動作式動詞變化	主詞		直陳過去動作式動詞變化
我	je	suis venu(e)	我們	nous	sommes venu(e)s
你	tu	es venu(e)	您／您們／你們	vous‿	êtes venu(es)
他／她／我們	il / elle / on‿	est venu(es)	他們／她們	ils / elles	sont venu(e)s

 Comment on dit en français?　法語怎麼說

➢ Nous sommes sortis hier soir.
我們昨晚出門去了。

（我們：可能全為男生或是有男有女，所以用陽性複數過去分詞。）

➢ Vous‿êtes venue comment?
您是怎麼來的？

（您：女性，所以用陰性單數過去分詞。）

➢ Je suis rentré à la maison vers minuit.
我快半夜才回到家。

（我：男性，所以用陽性單數過去分詞。）

➢ Elle a pris le bus pour venir ici.
她搭公車來這裡。

（prendre：非移動動詞，過去時的助動詞用avoir。）

➢ On‿est‿allées au mariage d'Alice la semaine dernière.
我們上星期去了愛麗絲的婚禮。

（on的我們：全都是女性，所以用陰性複數過去分詞。）

➢ Elle est déjà partie.
她已經離開了。

（她：女性，所以用陰性單數過去分詞。）

Vocabulaire 單字變一變

➢ Il est venu.

他來了。（他：男生，用陽性單數過去分詞。）

移動動詞（原型動詞）		過去分詞
來	venir	venu
去	aller	allé
到達	arriver	arrivé
離開	partir	parti
進入	entrer	entré
出生	naître	né
死亡	mourir	mort
停留	rester	resté
掉落	tomber	tombé
變成	devenir	devenu
往上	monter	monté
往下	descendre	descendu
出門	sortir	sorti
經過	passer	passé
返回	retourner	retourné

Conversation　聊天話匣子

Allô?
喂？

Oui, c'est moi, chérie. Je suis à la gare. Où es-tu?
是我，親愛的。我在車站了。妳在哪？

Je suis sur le chemin, mais tu es déjà arrivé?
我在路上了，你已經到了嗎？

Oui, le train est arrivé à 17 heures comme je t'ai dit.
是的，我跟妳說過火車會在下午5點到啊。

Oui, mais il y a des‿embouteillages sur la route, j'arrive dans 20 minutes, je pense.
沒錯，但是路上塞車，我想大約20分鐘後會到。

D'accord, je t'attends.
好吧，我等妳。

7-3：Je me suis couché tard hier. 我昨天很晚才上床休息。

MP3-55

S'ÊTRE COUCHÉ　上床（se coucher反身動詞，動作做在主詞身上的動詞，第一類ER結尾規則動詞）

主詞		反身受詞	直陳過去動作式動詞變化
我	je	me	suis couché(e)
你	tu	t'	es couché(e)
他／她／我們	il / elle / on	s'	est couché(es)
我們	nous	nous	sommes couché(e)s
您／您們／你們	vous	vous‿	êtes couché(es)
他們／她們	ils / elles	se	sont couché(e)s

S'ÊTRE VU　相見（se voir反身動詞，動作做在主詞彼此互相間的動詞，第三類不規則動詞）

主詞		反身受詞	直陳過去動作式動詞變化	使用與否
我	je	me	suis vu(e)	x
你	tu	t'	es vu(e)	x
他／她／我們	il / elle / on	s'	est vu(es)	只有on
我們	nous	nous	sommes vu(e)s	v
您／您們／你們	vous	vous‿	êtes vu(es)	v
他們／她們	ils / elles	se	sont vu(e)s	v

＊ 此反身動詞的特性因為是主詞互相彼此間的動作，所以當主詞複數型時才有意義。

 Comment on dit en français? 法語怎麼說

➢ Il s'est rasé la barbe pour le mariage de son fils.
他為了他兒子的婚禮把鬍子刮掉了。

（他：男性，所以用陽性單數過去分詞。）

➢ On ne s'est pas vus depuis longtemps.
我們很久沒見面了。

（on我們：全部男性或是有男有女，所以用陽性複數過去分詞。）

➢ Elles se sont retrouvées après la guerre.
戰爭過後她們重新相遇了。

（她們：全部女性，所以用陰性複數過去分詞。）

➢ Je me suis couché tard hier.
我昨天很晚上床。

（我：陽性，所以用陽性單數過去分詞。）

➢ Ta maman et toi, vous vous‿êtes levées tôt.
你媽媽和妳，妳們都很早起床。

（媽媽和妳：都是女性，所以用陰性複數過去分詞。）

 Vocabulaire 單字變一變

➢ Vous vous êtes retrouvés après la guerre?
戰爭過後你們重新相遇了？（你們：有男有女，所以用陽性複數過去分詞。）

反身動詞原型		反身動詞 直陳過去動作式（以vous為主詞）
se retrouver	集合／再相遇／碰面	vous‿êtes retrouvés
se rencontrer	相遇（初次巧遇）	vous‿êtes rencontrés
se marier	結婚	vous‿êtes mariés
se connaître	互相認識	vous‿êtes connus
se revoir	再相見	vous‿êtes revus

Conversation 聊天話匣子

Vous vous‿êtes connus comment?
你們怎麼認識的？

On s'est rencontrés au «café de Flore» à Paris en 1980.
我們是1980年在巴黎的「花神咖啡館」認識的。

Elle a renversé mon café.
她打翻了我的咖啡。

Pour se faire pardonner, elle a payé mon café.
為了賠罪，她付了我的咖啡錢。

On s'est beaucoup parlé ce jour-là.
我們那一天聊了很多。

Ça a commencé comme ça.
就是這樣開始的。

7-4：Elle a descendu les poubelles.
她把垃圾拿下來了。

MP3-56

DESCENDRE　往下（移動動詞，第三類不規則動詞）

ÊTRE DESCENDU　下來了

主詞		直陳過去動作式動詞變化
我	je	suis descendu(e)
你	tu	es descendu(e)
他／她／我們	il / elle / on‿	est descendu(es)
我們	nous	sommes descendu(e)s
您／您們／你們	vous‿	êtes descendu(es)
他們／她們	ils / elles	sont descendu(e)s

AVOIR DESCENDU + 名詞受詞：帶～下來

主詞		直陳過去動作式動詞變化
我	j'	ai descendu
你	tu	as descendu
他／她／我們	il / elle / on‿	a descendu
我們	nous‿	avons descendu
您／您們／你們	vous‿	avez descendu
他們／她們	ils / elles‿	ont descendu

Comment on dit en français? 法語怎麼說

➢ Elle est descendue.
她下來了。
（descendre移動動詞，移動的重點在主詞「elle」（她），所以過去式的助動詞用être。）

➢ Elle a descendu les poubelles.
她把垃圾帶下來了。
（descendre移動動詞，但是移動的重點在受詞「les poubelles」（垃圾），所以過去式的助動詞用avoir。）

➢ Nous‿avons descendu le lit de grand-père.
我們把阿公的床弄下來了。
（descendre移動動詞，移動的重點在受詞「le lit de grand-père」（阿公的床），所以過去式的助動詞用avoir。）

➢ Vous‿êtes descendues dans la cave?
妳們到了地窖去了？
（descendre移動動詞，移動的重點在主詞「vous」（妳們），所以過去式的助動詞用être。）

Vocabulaire　單字變一變

＊ 在過去式的助動詞可用être和avoir的移動動詞有5個：「monter」（往上／把……移到上面）、「descendre」（往下／把……移到下面）、「sortir」（出門／把……弄出去）、「passer」（經過／度過）、「retourner」（返回／翻面）。

原型動詞	使用être助動詞	使用avoir助動詞
monter	Elle est montée au deuxième étage. 她上到二樓去了。	Elle a monté ses bagages. 她拿她的行李上樓了。
descendre	Elle est descendue au sous-sol. 她到地下室去了。	Elle a descendu ses bagages. 她拿她的行李下樓了。
sortir	Elle est sortie de l'hôpital. 她出院了。	Elle a sorti son téléphone portable. 她拿出了她的行動電話。
passer	Elle est passée devant la poste. 她經過郵局前面。	Elle a passé les vacances avec moi. 她跟我一起去度假了。
retourner	Elle est retournée chez ses parents. 她返回她父母家了。	Elle a retourné la lettre. 她把信翻面了。

Conversation　聊天話匣子

Comment s'est passé ton voyage en France?
你的法國之旅怎麼樣？

C'etait génial!
很棒啊！

J'ai passé de très bons moments avec mes‿amis là-bas.
我跟那裡的朋友一起度過了很美好的時光。

J'ai pris aussi beaucoup de photos pendant le voyage.
旅程中我還照了很多照片。

Tu veux les voir?
你想看嗎？

Bien sûr!
當然！

7-5：Quand j'étais petit.
當我小時候。

ÊTRE 是（第三類不規則動詞）

主詞		直陳過去情境式動詞變化	主詞		直陳過去情境式動詞變化
我	j'	étais	我們	nous‿	étions
你	tu	étais	您／您們／你們	vous‿	étiez
他／她／我們	il / elle / on‿	était	他們／她們	ils / elles‿	étaient

AVOIR 有（第三類不規則動詞）

主詞		直陳過去情境式動詞變化	主詞		直陳過去情境式動詞變化
我	j'	avais	我們	nous‿	avions
你	tu	avais	您／您們／你們	vous‿	aviez
他／她／我們	il / elle / on‿	avait	他們／她們	ils / elles‿	avaient

Comment on dit en français? 法語怎麼說

➢ Quand j'étais petit, il n'y avait pas de téléphone portable.
當我小的時候，沒有手機的存在。

➢ On s'aimait depuis 10 ans avant de se marier.
我們相愛了10年才結婚。

- Elle faisait beaucoup de sport quand‿elle était jeune.
  她年輕的時候做很多運動。
- Nous‿habitions à Paris depuis 15 ans quand nous‿avons déménagé à New York en 2010.
  我們住在巴黎15年，但是在2010年我們搬到紐約。
- Tu as appelé Alice, quand elle était à l'étranger?
  你打了電話給愛麗絲，當她還在國外的時候？
- Je lui ai envoyé un message quand je suis parti de la maison.
  我離開家的時候，傳給他一則訊息。

 Vocabulaire 單字變一變

直接受詞代名詞COD	間接受詞代名詞COI
➢ Tu as appelé Alice? 你打電話給愛麗絲了嗎？ ➢ Oui, je l'ai appelée. 是的，我打了電話給她。 ➢ Non, je ne l'ai pas appelée. 沒有，我沒有打電話給她。	➢ Tu as téléphoné à Alice? 你打電話給愛麗絲了嗎？ ➢ Oui, je lui ai téléphoné. 是的，我打了電話給她。 ➢ Non, je ne lui ai pas téléphoné. 沒有，我沒有打電話給她。
➢ Tu as appelé Thomas? 你打電話給托瑪了嗎？ ➢ Oui, je l'ai appelé. 是的，我打了電話給他。 ➢ Non, je ne l'ai pas appelé. 沒有，我沒有打電話給他。	➢ Tu as téléphoné à Thomas? 你打電話給托瑪了嗎？ ➢ Oui, je lui ai téléphoné. 是的，我打了電話給他。 ➢ Non, je ne lui ai pas téléphoné. 沒有，我沒有打電話給他。

直接受詞代名詞COD	間接受詞代名詞COI
➢ Tu as appelé Alice et Thomas? 你打電話給愛麗絲和托瑪了嗎？ ➢ Oui, je les‿ai appelés. 是的，我打了電話給他們。 ➢ Non, je ne les‿ai pas appelés. 沒有，我沒有打電話給他們。	➢ Tu as téléphoné à Alice et Thomas? 你打電話給愛麗絲和托瑪了嗎？ ➢ Oui, je leur ai téléphoné. 是的，我打了電話給他們。 ➢ Non, je ne leur ai pas téléphoné. 沒有，我沒有打電話給他們。
➢ Tu as appelé Alice et Carole? 你打電話給愛麗絲和卡蘿了嗎？ ➢ Oui, je les‿ai appelées. 是的，我打了電話給她們。 ➢ Non, je ne les‿ai pas appelées. 沒有，我沒有打電話給她們。	➢ Tu as téléphoné à Alice et Carole? 打電話給愛麗絲和卡蘿了嗎？ ➢ Oui, je leur ai téléphoné. 是的，我打了電話給她們。 ➢ Non, je ne leur ai pas téléphoné. 沒有，我沒有打電話給她們。

（Alice：女生、Thomas：男生、Carole：女生）

* Appeler可直接接受詞，所以回答用COD代替受詞，置於過去式動詞詞組（助動詞 + 過去分詞）前，使用avoir為助動詞的過去分詞**必須**跟著COD做陰陽性單複數的變化。

* Téléphoner不可直接接受詞，所以用COI代替受詞，置於過去式動詞詞組（助動詞 + 過去分詞）前，使用avoir為助動詞的過去分詞**不用**跟著COI做陰陽性單複數的變化。

Conversation 聊天話匣子

Vous‿aviez des‿animaux de compagnie quand vous‿étiez petite?
當您小時候，您有養寵物嗎？

Oui, j'avais un chien, c'était un cadeau de mon père.
有的，我有一隻狗，是我爸爸給我的禮物。

Pour quelle occasion?
什麼情況下送的？

Il m'a donné ce chien quand j'ai eu 10 ans.
當我10歲的時候，他送我這隻狗。

Ce chien était mon meilleur ami pendant mon‿enfance.
這隻狗是我童年時期最好的朋友。

Récapitulons　學習總複習

Production orale　聊聊法語

MP3-58

Un événement inoubliable　難忘的事件

- Je rêvais de voyager en France depuis toute petite.
  我從小就一直想要到法國去旅行。
- Quand j'ai eu 20 ans, j'y suis partie pendant 3 mois.
  當我滿20歲的時候，我終於出發到那裡旅行3個月。
- Un jour, après une longue promenade à Paris, je me suis reposée sur un banc,
  有一天，在巴黎散步很久以後，我坐在一張長椅上休息，
- quelques minutes après,un‿homme est venu vers moi.
  幾分鐘後，有一個男人朝我走了過來。
- On‿a échangé des regards, et puis, on‿a commencé à discuter.
  我們互相看了一下，然後，開始聊了起來。
- Finalement, on‿a passé tout l'après-midi ensemble.
  結果，我們一起聊了整個下午。
- Avant de se quitter, on s'est donné rendez-vous pour le lendemain.
  離別前，我們還互相約定隔天的見面地點和時間。
- J'étais très contente de cette rencontre.
  因為這個偶遇，讓我覺得很開心。
- Quand je suis rentrée dans le métro, mon portefeuille n'était plus dans mon sac.
  當我進入地鐵站時，我的皮包已經不在我的袋子裡了。
- Là, j'ai réalisé: "cet‿homme qui parlait avec moi, il est venu pour voler mon argent! "
  就在這時候，我才理解：「這個和我說話的男人，是為了偷我的錢才找上我的！」

- Je me suis sentie tellement bête!
  我當時覺得自己很傻！
- Depuis, je fais très attention aux gens que je croise dans la rue.
  之後，我很小心堤防在路上遇到的人。

Exercices écrits　隨手寫寫

1） Il __________ au cinéma souvent quand il était jeune.
當他年輕的時候，他常去看電影。

2） Quand est-ce que vous __________ en Europe?
你們是什麼時候出發到歐洲去的？（過去式）

3） J' __________ Alice ce matin.
今天早上我看到愛麗絲。

4） Qu'est ce qu'ils __________ hier?
他們昨天做了什麼？

5） Maman est __________.
媽媽下樓了。

6） Nous __________ le bureau de papa.
我們把爸爸的辦公桌搬上去了。

7） On __________ tôt hier.
我們昨天很早就上床睡覺了。

8） Comment vous __________ ici?
您是怎麼來的？

9） Tu as vu mon grand frère?
你有看到我哥哥嗎？

Non, je ne __________ pas vu.
沒有， 我沒看到他。

10） Il t'a téléphoné hier?
他昨天有打電話給妳嗎？（te：女性）

Oui, il m'a __________ vers 21 heures.
有啊，昨天他大約晚上9點的時候打給我。

Compréhension orale 仔細聽聽

MP3-59

1） Il y __________ beaucoup d'arbres autour de chez moi.
a / avait / ont / ai

2） Je __________ être professeur quand j'étais petit.
voudrais / voulais / veux / vouliez

3） Qu'est-ce que __________ fait hier?
j'ai / il a / tu as / il a

4） Alice est __________ chez moi la semaine dernière.
allée / devenue / descendue / venue

5） Il __________ son fils au téléphone avant-hier.
a eu / avait / a été / a vu

6） Je __________ attendu une heure devant le cinéma!
l'ai / t'ai / les ai / vous ai

7） __________ comment ton professeur de français?
C'est / Il est / Il était / C'etait?

8） On __________ bien amusés!
a / veut / ne s'est pas / s'est

9） Nous sommes __________ hier soir.
partis / sortis / allés / venus

10） Je suis allé chez lui __________.
hier / avant-hier / demain / il y a 2 jours

PLEUVOIR COMME VACHE QUI PISSE
雨下得像母牛的尿尿一樣

意指

下雨下得很多。

由來

起源於十九世紀下半期。因為牛隻排泄的尿量驚人，因此讓人聯想到驚人的降雨量。

例句

- Il pleut comme vache qui pisse.
  雨下得好多喔。

Les chiens ne font pas des chats

虎父無犬子（狗生不出貓）。

Unité 8

Qu’est-ce que tu vas faire demain?

你明天要做什麼？

 Savoir-faire　學習重點

此單元介紹幾個常用的時態用法、片語以及文法概念。經由各章節例句的解釋，對於您想進一步陳述事件絕對有幫助。

各章節的主要動詞如下：

8-1：VENIR DE　來自／剛才
8-2：ÊTRE EN TRAIN DE　正在
8-3：ALLER　要去
8-4：動詞的直陳未來式變化
　第一類ER結尾規則動詞：「aimer」（喜歡）
　第二類IR結尾規則動詞：「finir」（結束）
　第三類不規則動詞：「boire」（喝）、「prendre」（拿）、「être」（是）、「avoir」（有）、「faire」（做）、「venir」（來）、「aller」（去）、「voir」（看）。

延伸的動詞：

第一類動詞：「regarder」（看）、「parler」（說）、「épouser」（結婚）、「porter」（穿戴）、「sonner」（響起）、「noter」（記下）、「cuisiner」（煮飯）、「travailler」（工作）、「oublier」（忘記）、「changer」（改變）、「améliorer」（改進）。

第二類動詞：「réfléchir」（考慮）。

第三類動詞：「conduire」（駕駛）、attendre等待）、「savoir」（知道）。

 Grammaire　法語文法

8-1：venir de + 原型動詞 ＝ 剛才過去式（passé immédiat）
　關係代名詞（Pronoms relatifs）：où / que / qui / dont
8-2：être en train de + 原型動詞 ＝ 現在進行式（présent continu）
　關係代名詞（Pronoms relatifs）：ce qui / ce que / ce dont
8-3：aller + 原型動詞 ＝ 即將未來式（futur proche）
　avoir + 名詞的常用片語
8-4：直陳簡單未來式（futur simple）
　Si + 現在式句子，未來式句子 ＝ 如果現在……，未來會／可以……

8-1：Il vient d'arriver à Paris.
他剛到巴黎。

Passé immédiat　剛才過去式

MP3-60

◎使用時機：表達剛剛才發生的一個事件或動作。

◎動詞結構：VENIR DE + 原型動詞 ＝ 剛才做了某事。

Comment on dit en français?　法語怎麼說

➢ Il vient d'arriver à Paris.
他剛抵達巴黎。

➢ Elle a épousé ton papa, quand elle venait d'avoir 18 ans.
當她剛滿18歲時，她就嫁給你爸爸了。

➢ Le village où je suis né est très joli.
我出生的村落非常漂亮。

➢ Je voudrais prendre le sac que vous venez de me montrer.
我想買您剛剛給我看的那個包包。

➢ L'homme qui te regarde est mon grand frère.
那個看著你的男人是我的哥哥。

➢ Je viens de voir le film dont tu m'as parlé.
我剛看了那部你跟我說的電影。

Vocabulaire 單字變一變

關係代名詞（Pronoms relatifs）：Où / Que / Qui / Dont

第一組：Où（替代地點和時間）

- 句1：Le village est très joli. 這個村落很漂亮。
- 句2：Je suis né dans ce village. 我在這個村落裡出生。
- 結合句：Le village où je suis né est très joli.
  我出生的那個村落很漂亮。
- 句1：C'était un mardi. 那天是一個星期二。
- 句2：Je suis né ce jour-là. 我在這個星期二出生。
- 結合句：Le jour où je suis né était un mardi.
  我出生的那一天是星期二。

第二組：Que（替代受詞）

- 句1：Je voudrais prendre un sac. 我想買一個包包。
- 句2：Vous venez de me montrer ce sac. 您剛剛給我看的包包。
- 結合句：Je voudrais prendre le sac que vous venez de me montrer.
  我想買你剛剛給我看的那個包包。

第三組：Qui（替代主詞）

- 句1：Un homme te regarde. 有個男人看著你。
- 句2：Cet homme est mon grand frère. 這個男人是我哥哥。
- 結合句：L'homme qui te regarde est mon grand frère.
  那個看著你的男人是我的哥哥。

第四組：Dont（替代de + 名詞的結構）

- 句1：Je viens de voir un film. 我剛看了一部電影。
- 句2：Tu m'as parlé de ce film. 你跟我說過這部電影。
- 結合句：Je viens de voir le film dont tu m'as parlé.
  我剛看了那部你跟我說的電影。

Conversation 聊天話匣子

Tu as vu mon pantalon?
你有看到我的褲子嗎？

Quel pantalon?
什麼褲子？

Le pantalon bleu que je porte souvent.
我常穿的那件藍色褲子。

Ah, je l'ai vu hier dans la salle de bain.
啊，我昨天在浴室裡有看到。

Ah bon!? Je ne l'ai toujours pas lavé alors.
是喔！？我一直都還沒洗這件褲子。

8-2：Qu'est-ce que tu es en train de regarder? 你正在看什麼？

 Présent continu 現在進行式

MP3-61

◎使用時機：強調正在進行的動作。

◎動詞結構：ÊTRE EN TRAIN DE + 原型動詞 ＝ 正在做某事。

＊ 直陳式和進行式的差別，在於進行式強調正在進行的動作，有加強動作本身的意義。

Comment on dit en français? 法語怎麼說

- Qu'est-ce que tu es en train de regarder?
  你正在看什麼？
- Je suis en train de regarder le film «Thor».
  我正在看電影「雷神索爾」。
- Il était en train de se doucher quand le téléphone a sonné.
  當時他正在洗澡，突然間電話響了。
- Le détective est en train de penser à ce qui s'est passé.
  那個偵探正在思考發生的事情。
- Maman est en train de cuisiner ce que tu aimes.
  媽媽正在煮你喜歡的東西。
- Je suis en train de noter ce dont on‿a besoin comme courses.
  我正在把我們需要買的東西記下來。

Vocabulaire 單字變一變

關係代名詞（Pronoms relatifs）：ce qui / ce que / ce dont

第一組：Ce qui（替代la chose qui）

➢ Le détective est‿en train de penser à ce qui s'est passé.
那個偵探正在思考發生的事情。

第二組：Ce que（替代la chose que）

➢ Maman est‿en train de cuisiner ce que tu aimes.
媽媽正在煮你喜歡的東西。

第三組：Ce dont（替代la chose dont）

➢ Je suis en train de noter ce dont on a besoin comme courses.
我正在把我們需要買的東西記下來。

Conversation 聊天話匣子

Regarde, il y a un mouton sous l'arbre.
你看，哪裡有一隻綿羊在樹下。

Ah bon?
是喔？

Oui! Tu ne le vois pas?
是啊！你沒看到嗎？

Non, je ne peux pas, je suis en train de conduire!
沒有，我不行啦，我正在開車！

Ah oui, excuse-moi, il vaut mieux que tu regardes la route!
對哦，對不起，你還是好好地看著路吧！

8-3：Qu'est-ce que tu vas faire demain? 你明天要做什麼？

Futur proche　即將未來式

MP3-62

◎使用時機：表達即將進行的一個事件或是動作。

◎動詞結構：ALLER + 原型動詞 = 即將要做某事。

Comment on dit en français?　法語怎麼說

➢ Les‿enfants‿ont faim, je vais cuisiner.
孩子們餓了，我要去煮飯了。

➢ Qu'est-ce que tu vas faire demain?
你明天要做什麼？

➢ Nous‿allons jouer au football.
我們要去玩足球。

➢ Ne mange pas trop vite, tu vas avoir mal au ventre après.
不要吃太快，你待會就肚子痛。

➢ Je ne vais pas leur téléphoner.
我不會打電話給他們。

Vocabulaire 單字變一變

➢ Les‿enfants ont faim.
孩子們餓了。

Avoir常用片語（原型動詞）	
avoir faim	餓了
avoir soif	渴了
avoir chaud	覺得熱
avoir froid	覺得冷
avoir sommeil	覺得睏
avoir peur	害怕
avoir mal	覺得痛
avoir raison	有理／是對的
avoir tort	有錯／是錯的

Conversation 聊天話匣子

Tu vas partir en France cet‿été?
今年夏天你要到法國嗎？

Je ne pense pas, les billets d'avion coûtent assez cher pendant cette période.
應該不會，機票在這段時間都很貴。

Mais qu'est-ce que tu vas faire cet‿été?
那今年夏天你要做什麼？

Je vais travailler et attendre l'été prochain pour partir en France.
我會去工作，等著明年夏天再去法國囉。

8-4：Quand je serai grand.
當我長大的時候。

Futur simple　直陳簡單未來式

MP3-63

◎使用時機：表達未來的一個事件或動作。

◎動詞結構：動詞直陳簡單未來式時態變化。

大部分以原型動詞為基礎，在字尾r之後加上ai / as / a / ons / ez / ont。

原型動詞	直陳簡單未來式動詞變化	原型動詞	直陳簡單未來式動詞變化
aimer 喜歡／愛	j'aimerai tu aimeras il aimera nous‿aimerons vous‿aimerez ils‿aimeront	boire 喝	je boirai tu boiras il boira nous boirons vous boirez ils boiront
finir 結束	je finirai tu finiras il finira nous finirons vous finirez ils finiront	prendre 搭／拿／點	je prendrai tu prendras il prendra nous prendrons vous prendrez ils prendront

幾個常用的不規則動詞：「être」（是）、「avoir」（有）、「faire」（做）、「venir」（來）、「aller」（去）、「voir」（看見）。

原型動詞	直陳簡單未來式動詞變化	原型動詞	直陳簡單未來式動詞變化
être 是	je serai tu seras il sera nous serons vous serez ils seront	venir 來	je viendrai tu viendras il viendra nous viendrons vous viendrez ils viendront
avoir 有	j'aurai tu auras il‿aura nous‿aurons vous‿aurez ils‿auront	aller 去	j'irai tu iras il ira nous‿irons vous‿irez ils‿iront
faire 做	je ferai tu feras il fera nous ferons vous ferez ils feront	voir 看見	je verrai tu verras il verra nous verrons vous verrez ils verront

 Comment on dit en français? 法語怎麼說

➢ Quand je serai grand, j'acheterai un bateau pour voyager.
等我長大，我會買一艘船去旅行。

➢ Ils se marieront dans six mois.
他們六個月後結婚。

➢ Je n'irai pas en France avec vous.
我不會跟你們去法國。

➢ Si tu n'aimes pas la couleur de la robe, on la changera.
如果你不喜歡這件洋裝的顏色，我們可以換。

➢ Un jour, vous rencontrerez l'homme de votre vie.
有一天您會遇見您的白馬王子。

 Vocabulaire 單字變一變

Si + 現在式句子，未來式句子 ＝ 如果現在……，之後就……

例句1：

➢ Si tu n'aimes pas la couleur de la robe, on la changera.
如果你不喜歡這件洋裝的顏色，我們可以換。

例句2：

➢ Si tu travailles bien, tu auras de bonnes notes à l'école.
如果你好好唸書，在學校你可以有好成績。

例句3：

➢ S'il te voit ici, il sera très‿en colère.
如果他看到你在這裡，他會很生氣。

Conversation 聊天話匣子

Qu'est-ce que vous ferez à la retraite?
您退休後要做什麼？

J'irai vivre à l'étranger.
我要到國外去生活。

Pourquoi à l'étranger?
為什麼到國外？

Pour changer un peu.
想改變一下。

Dans quel pays?
在那個國家？

Je ne sais pas, je dois encore y réfléchir.
我還不知道，我還要再想想。

Récapitulons　學習總複習

Production orale　聊聊法語

MP3-64

Mon rêve　我的夢想

- Quand j'aurai vingt‿ans, je partirai en France et voyagerai à vélo.
  當我二十歲時，我要到騎自行車在法國旅行。
- Bien sûr, je visiterai les grands monuments, mais aussi des petits villages.
  當然，我會參觀一些有名的古蹟，但是也會去小村落。
- À vélo, je pourrai m'arrêter où je voudrai et resterai aussi longtemps que je souhaiterai.
  以自行車方式旅行，我可以停留在我想停的地方，而且想留多久都可以。
- Je ferai du camping pendant le voyage, ça ne coûtera pas cher.
  旅行的期間，我會露營，這樣就不會太貴。
- Pour pouvoir me débrouiller, je serai obligé de parler français.
  要能夠順利旅行，我就必須要跟法國人講法語。
- Je pense que cela m'aidera beaucoup à améliorer mon français.
  我想，這樣對提升我的法語能力會很有幫助。
- Peut-être que je me ferai beaucoup d'amis pendant ce voyage.
  或許，旅行中我還會交到很多朋友。
- Apprendre le français me permet de réaliser ce rêve.
  而學習法語可以讓我的夢想實現。

Exercices écrits 隨手寫寫

1） Il __________ écrire une lettre à sa maman.
他正在寫一封信給他媽媽。

2） Je __________ rentrer chez moi.
我剛回到家。

3） Quand est-ce que tu __________ l'appeler?
你什麼時候要打電話給他？

4） Je voudrais savoir __________ s'est passé.
我想知道發生了什麼事了。

5） Si tu ne manges pas, tu __________ faim.
如果你不吃飯，你之後會餓。

6） Ils __________ partir en vacances cet été.
他們今年夏天要去度假。

7） Quand tu __________ grand, qu'est-ce que tu feras?
當你長大，你想要做什麼？

8） J'aime __________ tu aimes.
你喜歡的我都喜歡。

9） Nous __________ un tour du monde l'année prochaine.
我們明年去環遊世界。

10） Il veut voir le film __________ tu lui as parlé.
他想看你跟他說過的那部電影。

Compréhension orale　仔細聽聽

MP3-65

1） Elle est __________ de manger.
en cours / en train / en panne / en vain

2） Je __________ la voir ce soir.
vais / veux / peux / voudrais

3） Tu __________ pas de bonbons si tu n'es pas sage.
ne mangeras / ne boiras / n'auras / ne prendras

4） Qu'est-ce que tu __________?
verras / prendras / voudras / feras

5） Nous __________ en France lundi prochain.
partons / partirons / partent / partez

6） __________ j'ai besoin, c'est ta patience.
Dont / Ce que / Ce qui / Ce dont

7） Vous pouvez faire __________ vous voulez.
ce qui / ce que / ce dont / dont

8） Tu as vu des choses __________ te plaisent?
qui / que / ce qui / ce dont

9） Elle __________ en train de parler avec un homme.
est / était / a été / sont

10） Tu __________ m'acheter un ordinateur?
peux / veux / pourras / voudras

Les Repas en France
法國人的用餐習慣

用餐不單單只有提供身體必須的能量而已，同時也提供了心理的滿足感，就社交層面來說，法國人的用餐時刻同時在人際關係的建立上也扮演重要的角色。一般而言，法國人的用餐習慣除了三餐之外，也會有點心時間或是餐前酒時刻。

早餐（le petit déjeuner）

一杯熱飲（茶、咖啡或巧克力）搭配抹醬土司片（塗上奶油、果醬、蜂蜜），或是配可頌麵包，有些人則是以穀物當早餐主食。也有不少趕著上班的上班族，沒有時間慢慢享用早餐，只喝杯咖啡就開始忙碌的一天。

午餐（le déjeuner）

通常介於中午十二點到下午二點之間。午餐是一天豐富餐點的開場：前菜、主菜、甜點。用餐的選擇，不僅只有公司或學校的餐廳，還可以到坊間的餐廳或簡餐館。但是因為工作的關係，有時間和氣氛上的考量，不難看到上班族以三明治或是簡單的一道主菜打發。

點心時間（le goûter）

學生們大約下午四點開始陸續放學，通常放學後小孩通常會先吃一點小點心，例如：巧克力麵包、法式薄餅之類，讓他們有足夠的體力繼續課後的活動。

餐前酒時刻（l'apéritif）

晚餐前的開場儀式，飲用餐前酒或是果汁，搭配堅果、餐前點心或是小零嘴，大家聚在一起聊天飲酒，開啟熱絡的晚餐氣氛。

晚餐（le dîner）

晚間大於晚上八點前後，晚餐正式開始。餐點部分也是完整的三道菜：前菜、主菜、甜點。晚餐是一天中最重要的時刻，全家人聚在一起，分享一天發生的事情，在家庭溝通上扮演非常重要的角色。

餐後飲料（le digestif）

晚餐後，通常會提供餐後酒、咖啡或是熱茶，在閒聊下，為今晚劃下句點。此時通常會開始收拾的工作，如果是客人也就是該告別的時刻。

如果被邀請用餐，千萬不可提早到（因為主人可能還沒準備好），可以晚到十～二十分鐘左右，但是千萬不可超過半小時。

赴宴時，別忘了攜帶伴手禮，可以是一束花、一瓶酒、一盒巧克力或是一個小禮物。

離開時，記得跟邀請人説聲：「MERCI！」

Unité 9

Tu devrais partager ton appartement.

你應該把公寓分租。

 Savoir-faire 學習重點

這個單元主要介紹條件現在式的用法。在法語中，條件式使用在以下幾個時機：

1）禮貌地要求別人執行某事。

2）謙虛地表達希望實現的事情。

3）委婉地提供自己的建議。

各章節的主要的條件現在式動詞如下：

9-1：DEVOIR 應該

9-2：FAIRE 做

延伸動詞：

第一類ER規則動詞：「partager」（分享）、「arrêter」（停止）、「augmenter」（提高）、「continuer」（繼續）、「se déplacer」（移動）、「profiter」（享有）。

第三類不規則動詞：「dire」（說）、「se sentir」（感受）。

 Grammaire 法語文法

9-1：條件現在式動詞變化規則：字尾rais / rais / rait / rions / riez / raient

否定用詞：ne pas / ne plus / ne jamais / ne rien

9-2：條件現在式faire動詞變化

假設語氣：Si + 直陳過去情境式，條件現在式 = 如果有可能……，就會……

Conditionnel présent 條件現在式

MP3-66

◎使用時機：1）禮貌地要求別人執行某事。
2）謙虛地表達希望實現的事情。
3）委婉地提供自己的建議。
◎動詞結構：動詞條件現在式時態變化

以未來式為基礎，字尾以rais / rais / rait / rions / riez / raient結尾。

原型動詞	動詞直陳未來式	動詞條件現在式	原型動詞	動詞直陳未來式	動詞條件現在式
aimer 喜歡／愛	j'aimerai	j'aimerais tu aimerais il aimerait nous‿aimerions vous‿aimeriez ils‿aimeraient	aller 去	j'irai	j'irais tu irais il irait nous‿irions vous‿iriez ils‿iraient
finir 結束	je finirai	je finirais tu finirais il finirait nous finirions vous finiriez ils finiraient	pouvoir 可以	je pourrai	je pourrais tu pourrais il pourrait nous pourrions vous pourriez ils pourraient
être 是	je serai	je serais tu serais il serait nous serions vous seriez ils seraient	falloir 必須	il faudra	il faudrait

原型動詞	動詞直陳 未來式	動詞條件 現在式	原型動詞	動詞直陳 未來式	動詞條件 現在式
avoir 有	j'aurai	j'aurais tu aurais il aurait nous‿aurions vous‿auriez ils‿auraient	vouloir 想要	je voudrai	je voudrais tu voudrais il voudrait nous voudrions vous voudriez ils voudraient
venir 來	je viendrai	je viendrais tu viendrais il viendrait nous viendrions vous viendriez ils viendraient	mettre 放置	je mettrai	je mettrais tu mettrais il mettrait nous mettrions vous mettriez ils mettraient

9-1：Tu devrais partager ton appartement.
你應該把公寓分租。

MP3-67

原型動詞	動詞直陳未來式	動詞條件現在式
devoir 應該	je devrai	je devrais tu devrais il devrait nous devrions vous devriez ils devraient

Comment on dit en français? 法語怎麼說

- Je pourrais avoir du sel?
  我可以要一點鹽巴？
- Le loyer est trop cher, tu devrais partager ton‿appartement.
  房租太貴了，你應該把你的公寓分租。
- À ta place, je ne lui dirais pas.
  如果我是你，我不會告訴他。
- J'aimerais avoir un iphone.
  我想要一台iphone.
- Il faudrait faire du sport régulièrement pour être en bonne santé.
  要有好的身體應該要做運動。

Vocabulaire　單字變一變

➤ Je ne lui dirais pas.
我不會告訴他。

否定詞	
ne... plus	不再
ne... rien	沒……任何東西
ne... jamais	從未
ne... pas	不／沒有……

Conversation　聊天話匣子

Tu n'as pas bonne mine, qu'est-ce qui se passe?
你看起來氣色不好，怎麼了？

Je ne sais pas, j'ai mal partout.
我不知道，我全身都不舒服。

Tu te couches tard ces jours-ci?
你最近很晚睡嗎？

Oui, j'ai trop de travail à faire.
對啊，我有好多工作要做。

Tu devrais te reposer un peu.
你應該要稍微休息一下。

9-2：Si j'avais du temps, je ferais du sport.
如果我能有時間，我就會運動。

MP3-68

原型動詞	動詞直陳未來式	動詞條件現在式
faire 做	je ferai	je ferais tu ferais il ferait nous ferions vous feriez ils feraient

Comment on dit en français? 法語怎麼說

- Pourrais-tu m'aider?
  你可以幫我嗎？
- Vous ne pourriez pas venir plus tôt?
  您不能早點過來嗎？
- Si je pouvais, je partirais plus tôt.
  如果我可以的話，我就會早點出發。
- Si j'avais du temps, je ferais du sport.
  如果我能有時間，我就會做運動。
- Tu devrais faire du sport.
  你應該運動。

Vocabulaire　單字變一變

Si + 直陳過去情境式，條件現在式 = 如果有可能……，就會……

（假設語氣的一種，詳見《我的第二堂法語課》Unité 8 ）

例句1：

➢ Si j'avais du temps, je ferais du sport.
如果我能有時間，我就會做運動。

例句2：

➢ S'il pouvait, il viendrait plu tôt.
如果他可以的話，他就會早點到。

例句3：

➢ Si tu mangeais mieux, tu aurais moins de problèmes de santé.
如果你可以吃得好的話，你就會有少一點的健康問題。

Conversation　聊天話匣子

Tu as vu les‿infos d'hier? Le prix des cigarettes n'arrête pas d'augmenter!
你有看昨天的新聞嗎？香菸的價格一直漲！

Oui, maintenant un paquet de cigarettes coûte 6,50 euros en moyenne.
對啊，現在一包香菸的價格平均大概是6,50歐元。

Si ça continue, on ne pourra plus en acheter!
如果繼續這樣下去，我們之後就不能再買菸了。

Si j'étais toi, j'arrêterais de fumer!
如果我是你，我就不會抽菸！

C'est plus facile à dire qu'à faire!
說的容易，做的難！

Récapitulons 學習總複習

Production orale 聊聊法語

MP3-69

Si j'étais riche 如果我有錢的話

- Si j'étais riche, j'acheterais un bateau et un camping-car pour voyager.
  如果我有錢的話，我會買一艘船和一輛露營車去旅行。
- Ce bateau devrait être assez grand pour transporter mon camping-car.
  這艘船要夠大能夠載運我的露營車。
- Je pourrais me déplacer en camping-car sur la terre et en bateau sur les‿océans.
  我可以在路上開露營車，在海洋上開船。
- Je voyagerais à mon propre rythme, je prendrais mon temps, j'irais où je voudrais.
  我可以依自己的步調悠閒地旅行，可以到任何我想去的地方。
- Si j'étais riche, j'en ferais profiter aussi ma famille et mes‿amis.
  如果我有錢的話，我也會讓家人好友一同享受這個好處。

Exercices écrits　隨手寫寫

1） Je __________ prendre 4 tomates, s'il vous plaît.
我想要4顆番茄，麻煩您。

2） __________ je parler avec Monsieur Dupont?
我可以和杜邦先生說話嗎？

3） Si tu __________ jeune, qu'est-ce que tu ferais?
如果你重回年輕，你會做什麼？

4） Je __________ fume __________.
我不抽菸。

5） Ils ne se voient __________.
他們不再相見了。

6） Qu'est-ce que vous __________ faire, si vous aviez du temps?
如果您有時間，你想要做什麼？

7） Je __________ dit.
我什麼都沒說。

8） Il __________ lui en parler.
最好是跟他談談這件事。

9） Il n'y a __________ ici.
這裡沒人。

10） Ne fais plus __________ ça!
從今以後不可以再做這種事！

Compréhension orale 仔細聽聽

MP3-70

1) À ta place, je __________ oui.
dis/ dirais / disais / ai dit

2) Si __________ la possiblité, je travaillerais.
j'avais / j'ai / je / j'aurai

3) Il __________ arrêter de fumer.
faut / faudra / faudrait / a fallu

4) Je __________ partir avec vous en Europe.
veux / peux / voulais / voudrais

5) Tu ne __________ pas venir me chercher?
pourrais / peux / veux / voudrait

6) Je ne fume __________.
pas / plus / peu / jamais

7) __________ ne l'a vu.
Personne / Rien / Il / Elle

8) Il ne boit __________.
jamais / plus / pas / peu

9) Si je pouvais, je le __________.
fais / faire / ferais / fera

10) Si __________ toi, je ne dirais pas ça.
j'étais / je suis / j'ai été / je

FAIRE DU LÈCHE-VITRINE
逛街舔櫥窗

意指

逛街。

由來

「lècher」在十二世紀時還有「討論」的涵義，到了十九世紀，則轉變為「就近執行」的意思。推論「lèche-vitrine」的用法在此時出現，乃形容人們經過商店前撫摸商品的行為。在Robert（候貝爾）字典中指出「lècher les vitrines」的說法在二十世紀才出現，是為了傳達開心的人們貼著櫥窗觀看著商品，好像在舔櫥窗的畫面。

例句

➢ Marie aime bien faire du lèche-vitrine avec sa copine.
瑪麗很喜歡跟她的朋友逛街。

Unité 10

Je suis content que tu viennes.

我很開心你來。

 Savoir-faire　學習重點

此單元介紹法語中的主觀式，是在表達意見與感受時常用的句型。藉此您不但能夠適當的表達意見，還能夠以主觀式的方式讓整個句子和意見的傳達更完整。

各章節的主要主觀現在式動詞：
10-1：PARTIR　離開、CONNAÎTRE　認識
10-2：VENIR　來、PRENDRE　拿
10-3：AVOIR　有、ÊTRE　是

延伸動詞：

第一類ER結尾動詞：「nettoyer」（打掃）、「chercher」（尋找）、「se marier」（結婚）、「s'inquiéter」（擔心）、「apporter」（帶來）、「penser」（認為）、「trouver」（覺得）、「croire」（相信）、「souhaiter」（希望）、「espérer」（希望）、「exiger」（要求）、「favoriser」（有利）、「créer」（創造）、「pratiquer」（練習）。

第三類不規則動詞：「prévenir」（預告）、「rendre visite」（拜訪）、「voir」（看）、「valoir」（價值）、「entendre」（聽見）。

 Grammaire　法語文法

10-1：非人稱主詞Il與主觀式的用法
　　Il est主觀性形容詞 + que主觀現在式
10-2：人稱主詞（je / tu / il / nous / vous / ils）與主觀式的用法
　　人稱主詞主觀式形容詞 + que主觀現在式
10-3：常用動詞與主觀式的用法
　　客觀性動詞：「penser」（認為）、「croire」（相信）、「trouver」（覺得）。
　　主觀性動詞：「souhaiter」（希望）、「vouloir」（想要）、「exiger」（要求）。

 Subjonctif présent 主觀現在式

MP3-71

◎使用時機：用於主觀性意見的表達，可用在命令、建議或是陳述願望。

◎動詞結構：動詞主觀現在式

第一類ER結尾動詞，字尾：e / es / e / ions / iez / ent。

第二類IR結尾動詞，字尾：sse / sses / sse / ssions / ssiez / ssent。

（第一類） 原型動詞	主觀現在式 動詞變化	（第二類） 原型動詞	主觀現在式 動詞變化
parler 說	que je parle que tu parles qu'il parle que nous parlions que vous parliez qu'ils parlent	finir 結束	que je finisse que tu finisses qu'il finisse que nous finissions que vous finissiez qu'ils finissent
manger 吃	que je mange que tu manges qu'il mange que nous mangions que vous mangiez qu'ils mangent	choisir 選擇	que je choisisse que tu choisisses qu'il choisisse que nous choisissions que vous choisissiez qu'ils choisissent

常用的第三類動詞：

（第三類） 原型動詞	主觀現在式 動詞變化	（第三類） 原型動詞	主觀現在式 動詞變化
être 是	que je sois que tu sois qu'il soit que nous soyons que vous soyez qu'ils soient	pouvoir 可以	que je puisse que tu puisses qu'il puisse que nous puissions que vous puissiez qu'ils puissent
avoir 有	que j'aie que tu aies qu'il ait que nous‿ayons que vous‿ayez qu'ils‿aient	vouloir 想要	que je veuille que tu veuilles qu'il veuille que nous voulions que vous vouliez qu'ils veuillent
aller 去	que j'aille que tu ailles qu'il aille que nous‿allions que vous‿alliez qu'ils‿aillent	prendre 搭／拿／點	que je prenne que tu prennes qu'il prenne que nous prenions que vous preniez qu'ils prennent
faire 做	que je fasse que tu fasses qu'il fasse que nous fassions que vous fassiez qu'ils fassent	sortir 出門	que je sorte que tu sortes qu'il sorte que nous sortions que vous sortiez qu'ils sortent

10-1：Il faut que j'y aille.
我必須離開了。

MP3-72

原型動詞	主觀現在式動詞變化	原型動詞	主觀現在式動詞變化
partir 離開／前往	que je parte que tu partes qu'il parte que nous partions que vous partiez qu'ils partent	connaître 認識	que je connaisse que tu connaisses qu'il connaisse que nous connaissions que vous connaissiez qu'ils connaissent

Comment on dit en français?　法語怎麼說

- Il faut que je parte à la gare.
  我必須出發到車站。
- Il est‿important que tu sois là demain.
  你明天在不在場很重要。
- Il faut que j'y aille.
  我必須要離開。
- C'est le meilleur professeur que je connaisse.
  這是我所認識最好的老師。
- Il ne faut pas que vous sortiez, il fait trop froid dehors.
  你們不要出門，外面太冷了。

Vocabulaire　單字變一變

➢ Il est important que tu sois là.（il非人稱主詞）
你在不在場很重要。

常用的主觀性形容詞	
important	重要的
possible	可能的
nécessaire	必要的
dommage	可惜的
normal	正常的

Conversation　聊天話匣子

Chérie, j'ai invité mes‿amis à la maison demain soir.
親愛的，我邀請朋友明天晚上來家裡。

Oh là là, Il faut qu'on nettoie un peu.
天啊，我們應該要打掃一下。

Il faut aussi préparer le repas... Pourquoi tu ne m'as pas prévenue plus tôt?
還要準備吃的餐點……你為什麼不早點跟我說呢？

Ne t'inquiète pas, chérie! Chacun va apporter un plat à partager.
親愛的，不用擔心！每個人都會帶一樣主菜來分享。

C'est un repas entre amis, simple et sympa. Il ne faut pas se stresser comme ça!
只是朋友間一個簡單愉快的聚會。不要緊張成這樣！

10-2：Je suis content que tu viennes. 我很開心你來。

MP3-73

原型動詞	主觀現在式動詞變化	原型動詞	主觀現在式動詞變化
venir 來	que je vienne que tu viennes qu'il vienne que nous venions que vous veniez qu'ils viennent	prendre 搭／拿／點	que je prenne que tu prennes qu'il prenne que nous prenions que vous preniez qu'ils prennent

Comment on dit en français? 法語怎麼說

- Nous sommes‿heureux que tu sois là.
  我們很開心你在這裡。
- Ses parents sont furieux qu'il prenne cette décision.
  他的父母對他做這個決定很生氣。
- Je suis content que tu viennes.
  我會很開心你來。
- Qu'est-ce que tu veux que je fasse pour lui?
  你想要我為他做什麼？
- Je voudrais qu'on se marie.
  我想要我們結婚。

Vocabulaire　單字變一變

➢ Je suis content que tu viennes.
我會很開心你來。

情感形容詞	
content(e)	開心
ravi(e)	樂意
heureux / heureuse	喜悅
triste	難過
furieux / furieuse	生氣
désolé(e)	抱歉
surpris(e)	驚訝
étonné(e)	訝異

Conversation　聊天話匣子

Il y a Michel qui va nous rendre visite ce samedi.
這個星期六米歇爾要來拜訪我們。

Il vient comment?
他怎麼來？

Il vient en‿avion, il faut que j'aille le chercher à l'aéroport.
他坐飛機，我要去機場接他。

Je peux y‿aller aussi?
我也可以去嗎？

Bien sûr! C'est vraiment génial qu'il vienne nous voir!
當然可以啊！他來看我們真是太棒了！

10-3：Tu ne penses pas qu'il soit malade? 你不覺得他生病了？

MP3-74

原型動詞	主觀現在式動詞變化	原型動詞	主觀現在式動詞變化
avoir 有	que j'aie que tu aies qu'il ait que nous‿ayons que vous‿ayez qu'ils‿aient	être 是	que je sois que tu sois qu'il soit que nous soyons que vous soyez qu'ils soient

Comment on dit en français? 法語怎麼說

- Qu'est-ce que tu en penses?
  你覺得如何？
  （「penser de」認為／覺得＋事物，「en」為代名詞，代替「de＋名詞」的結構）
- Tu ne penses pas qu'il soit malade?
  你不覺得他病了？
- Elle ne croit pas que j'aie la grippe.
  她不相信我得了流感。
- J'espère que vous viendrez demain.（espérer + 直陳式）
  我希望你們明天會來。
- Je souhaite que vous veniez demain.（souhaiter + 主觀式）
  我希望你們明天會來。

Vocabulaire　單字變一變

1）常用的客觀性動詞：「penser」（認為）、「croire」（相信）、「trouver」（覺得）。

客觀性動詞（肯定語氣）+ 直陳式	客觀性動詞（否定語氣）+ 主觀式
Tu penses qu'il est malade? 你認為他病了？	Tu ne penses pas qu'il soit malade? 你不認為他病了？
Elle croit que j'ai la grippe. 她以為我得了流感。	Elle ne croit pas que j'aie la grippe. 她不相信我得了流感。
Je trouve qu'il est intelligent. 我覺得他很聰明。	Je ne trouve pas qu'il soit intelligent. 我不覺得他聰明。

➢ 2）Je souhaite que vous veniez demain.
我希望你們明天會來。

常用的主觀性動詞	
souhaiter	希望
vouloir	想要
exiger	要求

Conversation 聊天話匣子

Jérôme n'est pas venu ce matin.
傑宏今天早上沒來。

Encore!
又沒來！

Il a appelé pour dire qu'il est malade, n'est-ce pas?
他今天早上打電話來說他生病了，對不對？

Oui, exactement!
沒錯！

C'est la deuxième fois en 10 jours.
這已經是10天裡的第二次了。

Je ne crois pas qu'il soit malade.
我不相信他真的生病了。

Récapitulons　學習總複習

Production orale　聊聊法語

MP3-75

Comment apprendre le français?　怎麼學好法語？

- Pour bien‿apprendre le français et le maîtriser,
  要能把法語學好而且會活用，
- il est nécessaire d'apprendre le vocabulaire et la conjugaison des verbes par cœur.
  必須牢記字彙和動詞變化。
- Il vaut mieux créer un‿environement qui favorise cet‿apprentissage, par exemple:
  最好是能夠營造一個有利法語學習的環境，例如：
- regarder des films en français, lire des livres en français, penser en français.
  看法語發音的電影、閱讀法語書，用法語思考。
- Il faut répéter les sons que vous‿entendez en français pour pratiquer la prononciation.
  必須在嘴巴裡重複你聽到的法語音以練習發音。
- Il ne faut surtout pas avoir peur de parler français ou écrire en français,
  尤其不要害怕用法語説話或用法語書寫，
- au contraire, il faut saisir toutes les‿opportunités de le pratiquer.
  相反地，要抓住每一個可以練習的機會。

Exercices écrits 隨手寫寫

1） Je voudrais que tu __________ là.
我希望你在場。

2） Il faut que tu __________.
你必須離開。

3） C'est génial que tes parents __________ pour Noël!
你爸媽要來陪你過聖誕節真是太棒了！

4） Qu'est-ce qu'il faut __________ pour réussir?
該怎麼做才會成功？

5） Je ne trouve pas que ce pantalon __________ joli.
我不覺得這件褲子好看。

6） Tu crois qu'il __________ demain?
你覺得他明天會來嗎？

7） Il est évident qu'il __________ se marier.
他即將要結婚這件事應該很明顯吧。

8） Vous souhaitez qu'il vous __________ ce livre?
您希望他給你這本書？

9） Elle est contente que vous __________ présents.
她很高興你們都出席了。

10） Il ne faut pas __________ peur de voyager seul.
自己旅行不應該害怕。

Compréhension orale 仔細聽聽

MP3-76

1） J'aimerais qu'on ________ les Dupont.
inviter / invite / vienne / vient

2） Il ________ qu'on parle.
faut / vaut / faudrait / voudrait

3） Il est nécessaire que nous ________ plus de sport.
fasse / fassions / faison / ferions

4） C'est génial qu'on se ________ ici.
réunit / réunissions / réunisse / réunissiez

5） Il pense que tu ________ là.
es / sois / ne sois pas / n'est pas

6） C'est important que vous me ________ de ce qui s'est passé.
parliez / parlez / parlait / parleriez

7） Quand est-ce que tu veux que je ________?
viens / vienne / venais / viendrai

8） Nous ne croyons pas qu'ils ________ partis.
soyez / soyons / soient / sont

9） Vous voulez qu'il vous ________ quelque chose?
apporte / mette / prenne / sorte

10） Il est possible qu'il se ________ à boire.
met / mis / mettez / mette

Mariage ou PACS?
「結婚制」還是「伴侶制」？

在法國，兩個相愛的人如果想要一起共築愛巢，除了自由的同居（union libre）方式，還可以選擇結婚制（mariage）或伴侶制（Pacte Civil de Solidarité，簡稱PACS，意為「伴侶契約」）的法律制度。

隨著現代社會的演進，自從西元一九七〇年之後，法國結婚的人口愈來愈少，結婚的年齡不斷提高，新生兒中的非婚生子女比例超過半數，而且有逐年成長的趨勢。為了節省傳統結婚的繁文縟節，但又可以擁有如結婚夫婦的家庭氣氛，因而促生了西元一九九九年伴侶制的立法。

伴侶制不僅可享有同結婚制度下的稅務優惠和社會保險的權利，申請和解除合約的手續也相對簡單許多。此外，傳統婚姻制度的兩人結合，限定必須為兩個不同性別才得以結婚。但是，伴侶制卻沒有這個限制，只要兩人（同性或異性）想要共同生活，就可以簽訂PACS。若兩人想要分開，傳統的婚姻制度財產必須對分，然而，伴侶制卻是獨立分開，也沒有所謂的繼承問題。在實際考量與對傳統婚姻觀念的改變下，這個制度廣受法國人民的喜好。

因為PACS的便利，造福了許多同性愛人的結合，同時對十年後的同志婚姻的立法也有了非常大貢獻。西元二〇一二年法國總統大選，歐蘭德（Hollande）競選期承諾將通過同志婚姻。經過一年多的努力，終於在西元二〇一三年四月通過同志婚姻和領養法案，落實了人人皆享有婚姻權的理念，再次改寫法國史上的人權篇。

Petit à petit, l'oiseau fait son nid

堅持不懈終會成功（一點一滴，小鳥可以築起鳥巢來）。

Solutuins
學習總複習解答

Phonétique 法語發音

Exercices écrits 隨手寫寫

1） s
2） f、ans、vɑ̃
3） e、扁長
4） accent grave
5） 禁止連音
6） z
7） ɛ̃
8） 母音必須單讀發音
9） wa
10）自己的名字

Compréhension orale 仔細聽聽

1） peur
2） sur
3） ça
4） faux
5） pont
6） quand
7） œuf
8） fille
9） hiver
10）voir

Unité1 Caractéristiques de la langue française 法語特性

Exercices écrits 隨手寫寫

1） Je
2） française
3） Où
4） Qu'est-ce que
5） bleue
6） journaux
7） Est-ce que
8） combien
9） comment
10）Nous

Compréhension orale 仔細聽聽

1） deux châteaux
2） Elle
3） Est-ce que
4） taïwainaise
5） journal
6） Qu'est-ce que
7） Nous
8） Qui
9） parle
10）Finissez

Unité 2 Comment vous vous appelez? 您叫什麼名字？

Exercices écrits 隨手寫寫

1） s'appelle
2） sommes
3） faites
4） français, chinois
5） acteur
6） est
7） nationalité
8） allez
9） vais
10）zéro six quatre-vingt-neuf soixante-quinze quarante-six quinze trente-deux

Compréhension orale 仔細聽聽

1） il
2） vous
3） tu parles
4） ils sont
5） chanteur

6） mon frère
7） vous faites
8） italien
9） vais
10） allez

Unité 3 Qu'est-ce que vous aimez? 您喜歡什麼？

Exercices écrits 隨手寫寫

1） habitez
2） ne pas
3） sait
4） avons
5） jouer
6） aime
7） J'aime
8） en
9） les
10） Son

Compréhension orale 仔細聽聽

1） aime
2） Est-ce que
3） connais
4） Avez
5） n'aime pas
6） Elle
7） n'ai pas
8） a
9） vingt-six
10） Savez

Unité 4 Combien ça coûte? 這個多少錢？

Exercices écrits 隨手寫寫

1） veux
2） Cette
3） leur
4） buvez
5） lui
6） voudrais
7） en
8） l'
9） les
10） de, du

Compréhension orale 仔細聽聽

1） lui
2） trouves
3） Combien
4） en
5） du
6） ce
7） veulent
8） m'invites
9） buvez
10） prends

Unité 5 Comment va-t-il à l'école? 他怎麼去學校？

Exercices écrits 隨手寫寫

1） va
2） chez
3） part
4） prends
5） à gauche
6） au
7） vivent
8） se trouve
9） y
10） Il y a

Compréhension orale 仔細聽聽

1） part
2） droite
3） Excusez-moi
4） sors
5） y
6） Quand
7） eux
8） tourner
9） voyez
10） 7^{e}

Unité 6　Quelle heure est-il? 幾點了？

Exercices écrits　隨手寫寫

1） fait
2） avez
3） Dépêchez
4） moins
5） plus
6） se lave
7） toi
8） sept-heures et demie
9） à
10） l'écoute

Compréhension orale　仔細聽聽

1） heure
2） six
3） y a
4） moi
5） le meilleur
6） autant de
7） se couchent
8） me
9） mercredi
10） pouvez

Unité 7　Je me suis couché tard hier. 我昨天很晚才上床休息。

Exercices écrits　隨手寫寫

1） allait
2） êtes partis
3） ai vu
4） ont fait
5） descendue
6） avons monté
7） s'est couché(e)s
8） êtes venu(e)
9） l'ai
10） téléphoné / appelée

Compréhension orale　仔細聽聽

1） avait
2） voulais
3） tu as
4） venue
5） a eu
6） t'ai
7） Il était
8） s'est
9） sortis
10） avant-hier

Unité 8　Qu'est-ce que tu vas faire demain? 你明天要做什麼？

Exercices écrits　隨手寫寫

1） est en train d'
2） viens de
3） vas
4） ce qui
5） auras

6） vont
7） seras
8） ce que
9） ferons
10） dont

Compréhension orale 仔細聽聽

1） en train
2） vais
3） n'auras
4） feras
5） partons
6） Ce dont
7） ce que
8） qui
9） était
10） pourras

Unité 9 Tu devrais partager ton appartement. 你應該把公寓出租。

Exercices écrits 隨手寫寫

1） voudrais
2） Pourrais
3） étais
4） ne pas
5） plus
6） voudriez
7） n'ai rien
8） faudrait
9） personne
10） jamais

Compréhension orale 仔細聽聽

1） dirais
2） j'avais
3） faudrait
4） voudrais
5） pourrais
6） plus
7） Personne
8） pas
9） ferais
10） j'étais

Unité 10 Je suis content que tu viennes. 我很開心你來。

Exercices écrits 隨手寫寫

1） sois
2） partes
3） viennent
4） faire
5） soit
6） vient
7） va
8） donne
9） soyez
10） avoir

Compréhension orale 仔細聽聽

1） invite
2） faut
3） fassions
4） réunisse
5） es
6） parliez
7） vienne
8） soient
9） apporte
10） mette

MEMO

國家圖書館出版品預行編目資料

我的第一堂法語課 新版 / Mandy HSIEH（謝孟渝）、
Christophe LEMIEUX-BOUDON著
-- 修訂三版 -- 臺北市：瑞蘭國際, 2024.04
248面；19×26公分 --（外語學習系列；128）
ISBN：978-626-7274-94-1（平裝）
1. CST：法語 2. CST：讀本

804.58 113002861

外語學習系列 128

連法國教授都說讚

我的第一堂法語課 新版

作者｜Mandy HSIEH（謝孟渝）、Christophe LEMIEUX-BOUDON
責任編輯｜潘治婷、王愿琦
校對｜Mandy HSIEH、潘治婷、王愿琦

法語錄音｜Christophe LEMIEUX-BOUDON、Anne GUINAUDEAU
錄音室｜采漾錄音製作有限公司
封面設計、版型設計、內文排版｜陳如琪
美術插畫｜614

瑞蘭國際出版
董事長｜張暖彗・社長兼總編輯｜王愿琦
編輯部
副總編輯｜葉仲芸・主編｜潘治婷・主編｜林昀彤
設計部主任｜陳如琪
業務部
經理｜楊米琪・主任｜林湲洵・組長｜張毓庭

出版社｜瑞蘭國際有限公司・地址｜台北市大安區安和路一段104號7樓之1
電話｜(02)2700-4625・傳真｜(02)2700-4622・訂購專線｜(02)2700-4625
劃撥帳號｜19914152 瑞蘭國際有限公司
瑞蘭國際網路書城｜www.genki-japan.com.tw

法律顧問｜海灣國際法律事務所　呂錦峯律師

總經銷｜聯合發行股份有限公司・電話｜(02)2917-8022、2917-8042
傳真｜(02)2915-6275、2915-7212・印刷｜科億印刷股份有限公司
出版日期｜2024年04月初版1刷・定價｜550元・ISBN｜978-626-7274-94-1

瑞蘭國際

瑞蘭國際